Gracias al Dr. Juan Carlos Escobar, médico pediatra
especialista en salud adolescente,
por la lectura minuciosa y sus muy valiosos aportes.

Rúa de Pastor Díaz, n.º 1, 4.º B. 36001 – Pontevedra
Tel.: 986 860 276
editora@kalandraka.com
www.kalandraka.com

Impreso en Gráficas Anduriña, Poio
Primera edición: febrero, 2026
ISBN: 978-84-1343-434-6
DL: PO 647-2025

MIXTO
Papel | Apoyando la
silvicultura responsable
FSC® C104983

Menstruación
en marcha

Gloria A. Calvo, **Camila Lynn** y **Agostina Mileo**

Ilustraciones de **Martina Trach**

kalandraka

¡De esto sí se habla!

LA LLEGADA DE LA MENSTRUACIÓN es uno de los muchos cambios que suceden en la pubertad. Esos cambios se relacionan con tu edad, pero también con tus genes, el lugar en el que vives, cómo lo haces, lo que comes y las actividades que realizas. Algunos de ellos serán comunes a casi todos tus amigos y amigas, y otros les sucederán solo a algunos: crecer mucho en altura, que salgan pelos en partes del cuerpo donde antes no había, tener nuevas sensaciones y muchos otros.

Como con cualquier asunto, a la hora de compartir información, preguntas, dudas y temores es mejor hacerlo con alguna persona con la que tengas confianza y sepas que te escucha y te entiende.

Conversar con quienes están atravesando el mismo momento de la vida es una gran oportunidad para aprender. Compartir experiencias, conocimientos y referencias, aunque no sean las mismas ni estés siempre de acuerdo, es una manera de ir formando tus opiniones y tomando tus propias decisiones, más allá de lo que el resto haga o diga.

Otras veces puede resultar enriquecedor hablar con tus familiares, docentes, profesionales de la salud y otras personas adultas. Podrás aprovechar su guía y su experiencia. Es probable que no quieras hablar de todas las cosas con las mismas personas y que vayas eligiendo con quién hacerlo en cada caso.

La idea de este libro es acompañarte en esta etapa tan importante y ayudarte a entender algunas de tus vivencias y a descubrir la forma en la que te resulta mejor pensarlas y experimentarlas.

¡Allá vamos!

¿Qué es la menstruación?

LA MENSTRUACIÓN ES UN SANGRADO que se produce periódicamente. En general, dura entre 3 y 7 días, se origina en el útero y sale por la vagina. La primera vez, llamada menarca, suele ocurrir entre los 9 y los 15 años.

Se llama ciclo menstrual al proceso que se da entre el primer día de una menstruación y el primer día de la siguiente. Se cuenta como primer día del ciclo al día en el que comienza el sangrado. Los ciclos suelen durar entre 21 y 35 días, y se repiten aproximadamente hasta los 50 años. En muchos casos, durante los primeros años de menstruación los ciclos son más irregulares. Esto quiere decir que algunas veces duran más tiempo y otras menos.

¿Sabías que...?

Las personas que menstrúan pueden tener entre 450 y 500 ciclos a lo largo de su vida. ¡Esto daría un total de casi 20 litros de sangre!

TRABAJO DE CAMPO

¡A experimentar!

Pídele a una persona mayor que te cuente cómo fue su primera menstruación e invita a tus amigas y amigos a que hagan lo mismo. Comparad las historias: ¿hay experiencias similares? ¿Cómo se sintieron?

¿Qué tienen que ver las hormonas con la menstruación?

LAS HORMONAS SON SUSTANCIAS QUÍMICAS producidas por el cuerpo que influyen en diferentes procesos físicos. Por ejemplo, la insulina regula la cantidad de azúcar que hay en la sangre y la melatonina da sensación de sueño e indica cuándo es hora de dormir. ¿Y qué tienen que ver las hormonas con la menstruación?

El ciclo menstrual tiene lugar en un conjunto de órganos conectados: los ovarios, las trompas uterinas, el útero y la vagina. En los ovarios hay miles de células, llamadas óvulos, que están allí desde el nacimiento. En un momento de la vida, el cerebro empieza a producir dos hormonas, la FSH y la LH, que son fundamentales para la puesta en marcha de los ciclos. La FSH, que es la que desencadena el circuito, estimula el crecimiento de los óvulos. Cuando un óvulo (o varios) completa su crecimiento, la LH entra en acción y envía un mensaje que provoca que el óvulo salga hacia una de las trompas.

El ovario, por su parte, libera otra hormona, la progesterona, que hace que la pared interna del útero, el endometrio, se vuelva más gruesa. Luego de varios días, la progesterona disminuye y esto hace que el endometrio se desprenda y salga por la vagina junto con la sangre que fue necesaria para hacerlo crecer y el o los óvulos que liberó el ovario. ¡Eso es la menstruación!

¿Sabías que...?

A lo largo de todo el ciclo puede haber secreciones de fluidos con distintas consistencias y colores, que se engloban bajo el nombre de *flujo*. Durante la ovulación puede aparecer un flujo transparente y espeso que se estira como un moco.

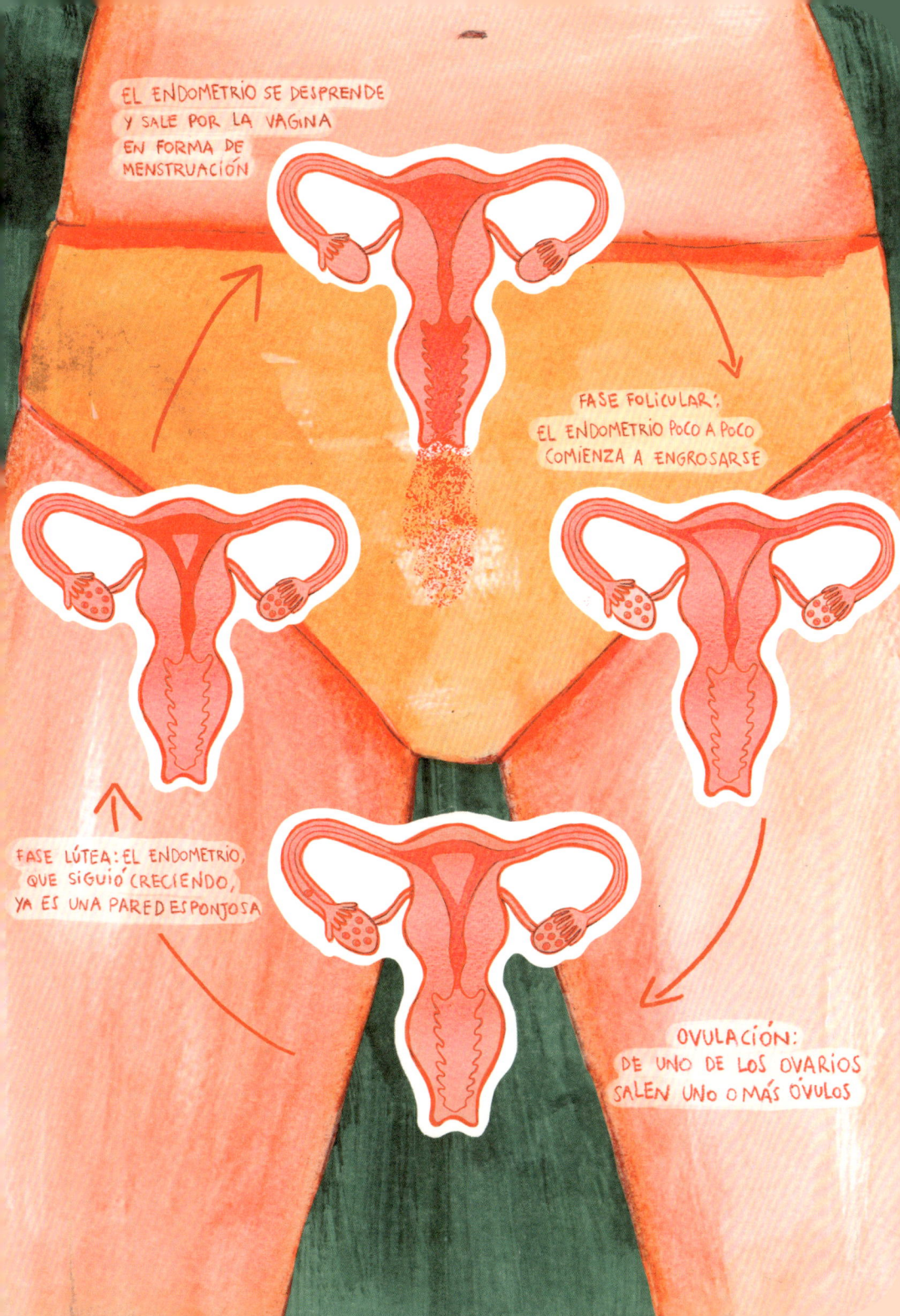

¿Quiénes pueden menstruar?

TAL VEZ HAYAS ESCUCHADO que la menstruación es «cosa de mujeres» o hayas visto tiendas con estantes llenos de productos que dicen «higiene femenina».

Sin embargo, no todas las personas que menstrúan se identifican como mujeres. Puede que al nacer las hayan registrado con el sexo «femenino», pero que con el correr del tiempo hayan sentido que su identidad es distinta y quieran ser reconocidas de otra manera. Es el caso, por ejemplo, de los varones trans, que tienen útero, vagina y ovarios; pueden menstruar y no son mujeres.

Del mismo modo, hay personas que al nacer fueron registradas con el sexo «masculino» y hoy se identifican como mujeres. Es decir, son mujeres que no menstrúan.

También existen muchas personas que se identifican como mujeres y tienen todos los órganos necesarios para menstruar, pero no menstrúan, como les sucede a las niñas pequeñas y a las adultas mayores. Tampoco menstrúan las que están embarazadas ni, en general, las que están amamantando.

#MENSTRUmito

«Las personas que pasan mucho tiempo juntas sincronizan su menstruación.»
Ni los ciclos menstruales ni los días de sangrado tienen una duración exacta. Es lógico y probable que los ciclos de dos personas coincidan en algún momento, estén juntas o no.

TRABAJO DE CAMPO

¡A experimentar!

Imagina un mundo en el que todas las personas menstruaran. ¿Qué cosas cambiarían?

¿Qué cosas influyen en la menstruación?

HAY PERSONAS que, aun teniendo todas las condiciones para menstruar, no menstrúan o lo hacen de manera muy esporádica. Esto puede deberse a una mala alimentación, porque quienes no se alimentan de forma saludable o lo hacen de manera insuficiente carecen de los nutrientes necesarios para ovular y desarrollar el endometrio. En algunos casos, porque no cuentan con los recursos necesarios para comprar alimentos suficientes y de calidad; en otros, porque han desarrollado un trastorno de la alimentación, como por ejemplo anorexia.

Otro asunto importante es el sueño: dormir bien y en cantidad suficiente ayuda a tener un ciclo menstrual saludable. Hacer actividad física también.

Existen otros factores relacionados con enfermedades, tratamientos y ciertas cuestiones anímicas que se vinculan con el funcionamiento del cuerpo. Hay personas que no producen algunas de las sustancias necesarias para iniciar el ciclo. Otras han pasado por cirugías en las que les extrajeron alguno de los órganos que intervienen en el ciclo menstrual. También hay quienes deciden suprimir su menstruación por medio de medicamentos y quienes, como algunos varones trans, dejan de menstruar al realizar tratamientos hormonales como parte de su transición de género.

Como verás, la menstruación es un proceso que, además del hecho de tener útero o no, se relaciona con cuestiones muy diversas.

¿Sabías que...?

La exposición a agroquímicos puede causar
la interrupción del ciclo menstrual.

¡A tener en cuenta!

La falta de menstruación es, en general, el primer signo
de embarazo. Es importante que quienes tengan alguna
preocupación al respecto consulten a un profesional
de la salud. Incluso, aunque no haya posibilidad de embarazo,
es aconsejable determinar la causa de esa falta y,
si es necesario, recibir el tratamiento adecuado.

¿Hay otros animales que menstrúan?

PROBABLEMENTE SEPAS que nuestros parientes evolutivos más cercanos en el extenso mundo animal son los grandes simios. Así que no debería sorprenderte saber que los gorilas, los chimpancés, los bonobos y los orangutanes menstrúan. Pero ¿qué tal si te dijeran que los murciélagos y las musarañas elefante también lo hacen? No tienen el mismo ciclo menstrual que los primates, pero sus úteros también están recubiertos por un endometrio que crece y luego se desprende en forma de sangrado.

Lo verdaderamente sorprendente es que, hasta el momento, no se conoce ningún otro animal, aparte de los mencionados, que menstrúe. ¿Y qué hay de las perras y las vacas, por ejemplo? ¿Qué es ese líquido rojizo que, cada cierto tiempo, se desprende de sus genitales? Estos sangrados tienen que ver con su ciclo reproductivo, pero no significa que estén menstruando. Al aumentar los niveles de ciertas hormonas, entran en un período en el que podrían reproducirse, conocido como «celo», y comienzan a emanar feromonas, sustancias que, entre otras cosas, atraen a los machos. Estos cambios hacen que se irrigue más sangre hacia la vulva, que esta se inflame y, al hacerlo, se rompan algunas venas muy delgadas llamadas capilares. Aunque muchas personas piensen que sí, este sangrado no tiene nada que ver con la menstruación.

Otros mamíferos, como los gatos, los conejos, los hurones, las ovejas y los caballos, no tienen sangrados de ningún tipo al entrar en celo.

¿Sabías que...?

Todavía no hay acuerdo en la comunidad científica acerca de los motivos por los que hay especies de mamíferos que menstrúan y otras que no. La evolución de las especies sigue dando mucho que pensar e investigar.

Menstrué...
¿Y ahora qué?

AL EMPEZAR A MENSTRUAR puede ser una buena idea llevar un registro de los ciclos. Puedes usar un calendario, un cuaderno o alguna aplicación para ir marcando el día en que comienza el sangrado, cuánto dura y cómo va variando el flujo a lo largo del ciclo. También puedes registrar otras cosas que te sucedan, como emociones, molestias y todo aquello que te parezca relevante.

Si bien al principio la irregularidad de los ciclos puede dar temor a mancharse, no se recomienda usar protectores diarios porque es conveniente que la vulva y la vagina estén en contacto con el aire (los protectores, que contienen plásticos, no lo permiten). Será suficiente con que te cambies la ropa interior frecuentemente. Para higienizarte, alcanza con lavar la parte exterior de la vulva con agua cada vez que te bañes.

Si no lo has hecho antes, es recomendable hacer una consulta médica. Al igual que con cualquier otra consulta, deben tratarte con respeto y tener en cuenta tus necesidades y sensaciones. Es primordial que sea en un ambiente cómodo, en el que te escuchen y en el que puedas hacer todas las preguntas que quieras.

¡A tener en cuenta!

Las aplicaciones del ciclo menstrual no siempre protegen tus datos. Es fundamental que, junto a alguna persona adulta de confianza, leas su sección de «política de privacidad» y revisen qué pueden hacer con la información. Algunas te dan la posibilidad de elegir qué permitir y qué no.

#MENSTRUtip

Antes de que te hagan un examen físico puedes preguntar por qué se debe realizar, qué partes del cuerpo te van a revisar y acordar cómo se va a llevar a cabo. Si hay algo que te incomoda o te hace sentir mal, tanto en la consulta médica como en cualquier conversación sobre menstruación, no dudes en compartirlo con alguien. Es importante hablar de aquellas cosas que te generen angustia o malestar.

¿Menstruar duele?

PARA QUE SE PRODUZCA LA MENSTRUACIÓN, el útero debe contraerse para expulsar la sangre y el endometrio. Como sucede con muchas otras cosas, no todas las personas experimentan este proceso de la misma forma: hay quienes no sienten nada de dolor y hay quienes tienen bastante malestar. Además, una misma persona puede sentir cosas diferentes en distintos ciclos.

Sin embargo, a menudo en la publicidad cuando se representa a una persona menstruando, se la muestra con cara de sufrimiento, acurrucada en la cama, sujetándose el vientre o llorando en el baño… ¡Ufff! ¿Por qué menstruar siempre se asocia a sentirse mal? Esta idea está profundamente influenciada por lo que se conoce como «síndrome premenstrual» o SPM, un término médico que surgió durante los años 50 y que incluye más de 150 síntomas, que van desde dolor de cabeza hasta dolor punzante en la parte baja del vientre, pasando por un deseo irrefrenable de comer dulces y por estar de mal humor.

A pesar de que el dolor menstrual se parece a muchos otros dolores y de que la ciencia ha tenido grandes avances después de la descripción del SPM, las cosas no han cambiado demasiado desde entonces. La imprecisión con la que se lo describe y la enorme variedad de síntomas incluidos hizo que los dolores se vean como una parte esperable de la menstruación y que, ante la presencia de cualquiera de ellos, muchas veces se diagnostique SPM sin investigar si estos síntomas están realmente relacionados con la menstruación.

¡A tener en cuenta!

Si bien la menstruación a veces genera algún malestar, esto no siempre indica que haya un problema, puedes hacer una consulta médica para quitarte cualquier duda que tengas. Sea poco o mucho el dolor, también puedes pedir que te recomienden opciones para aliviarlo.

¿Sabías que...?

La endometriosis es una enfermedad en la que parte del endometrio crece por fuera del útero y causa mucho dolor. Aunque afecta a entre el 8 % y el 15 % de las personas que menstrúan, se suele tardar entre 8 y 10 años en diagnosticarla porque a menudo el dolor que sienten quienes la padecen se considera «normal» y no se investigan las causas.

¿Menstruar cambia el estado de ánimo?

A LO LARGO DE CADA CICLO MENSTRUAL el cuerpo libera distintas hormonas y en distintas cantidades. Hay quienes asocian esas diferencias con ciertos cambios que ocurren en el estado de ánimo. Esto puede ocurrir, pero estas variaciones no suelen causar grandes alteraciones anímicas.

Ahora bien, al menstruar hay quienes tienen dolor o más sueño, hay quienes sienten incomodidad o miedo a mancharse y que alguien se burle por ello. ¿Cómo piensas que te sentirías si te sucediera alguna de estas cosas? ¿Influiría en tu estado de ánimo? Si alguien te molestara cuando te sientes así, ¿cómo reaccionarías? Probablemente, si te pasara cualquiera de estas cosas por la razón que sea –imagínate varias juntas–, estarías de mal humor. Conocer cómo son los ciclos menstruales y saber cómo transitarlos es un aprendizaje y puede llevar muchos años.

Incluso, si alguien está muy sensible o en desacuerdo con algo, a veces se atribuyen estas actitudes a que está menstruando y se dicen cosas como «¿Qué te pasa: te vino?» o «Cuidado porque está en uno de esos días». Lo único que consiguen estas frases descalificadoras es restar importancia a las ideas y expresiones de las personas que las manifiestan, además de reproducir prejuicios y desigualdades. ¿Las has escuchado alguna vez? ¿Qué piensas?

¡A tener en cuenta!

Hay quienes, en los días previos a la menstruación, en los días de sangrado o durante la ovulación, tienen una sensibilidad muy distinta a la habitual y se comportan de formas que no les agrada. Cuando esto sucede es conveniente hacer una consulta a un profesional.

¿La menstruación es para siempre?

LA VELOCIDAD A LA QUE OCURREN LOS PROCESOS CORPORALES va variando a lo largo de la vida. Piensa, por ejemplo, en tu altura: alrededor de los cinco años ya habías duplicado la de tu nacimiento, ahora creces unos pocos centímetros por año y, en algún momento, alcanzarás la altura que tendrás durante la edad adulta. La producción de las hormonas que intervienen en el ciclo menstrual también varía con los años: en la pubertad aumenta hasta que se inician los ciclos menstruales, luego se mantiene más o menos estable y, en algún momento, comienza a bajar hasta que la cantidad no es suficiente para generar un nuevo ciclo.

El tiempo que pasa desde que estas hormonas empiezan a disminuir hasta que no son suficientes como para que comience un nuevo ciclo se llama climaterio. Durante el climaterio, el tiempo entre una menstruación y la siguiente se va alargando. También son más frecuentes los ciclos en los que no se ovula o en los que se libera más de un óvulo (aunque esto no resulta perceptible). Así, alrededor de los 50 años, llega el día en el que se cumple un año desde la última menstruación, y es ahí cuando se considera que llegó la menopausia. Del mismo modo que hay un día en el que llega la primera menstruación, hay un día en el que sucede la última.

Durante el climaterio y hasta un tiempo después de la menopausia, es común que haya sofocos (calores repentinos con mucha sudoración), sequedad vaginal, falta de deseo sexual, crecimiento de pelos en lugares donde antes no había, aumento de peso… En muchos casos, es algo leve y pasajero, pero en otros resulta muy incómodo. Existen distintos tratamientos para aliviarlos.

¿Sabías que...?

La producción de espermatozoides también va disminuyendo con la edad y puede estar acompañada de síntomas parecidos a los del climaterio. Este proceso de disminución hormonal se llama *andropausia*.

¿La sangre de la menstruación es igual al resto de la sangre?

LA SANGRE ES UN TEJIDO que fluye por todo el cuerpo a través de las arterias, las venas y los capilares. Está compuesta por un líquido llamado plasma, donde hay principalmente células: glóbulos blancos, glóbulos rojos y plaquetas. Cada componente cumple funciones determinadas, como por ejemplo el transporte de oxígeno, la defensa ante infecciones o la cicatrización. Se estima que la sangre representa el 7 % de la masa corporal, aunque esto depende de la edad, el peso y la altura de cada persona.

Mientras circula por el cuerpo, la sangre transporta células, hormonas, nutrientes –de los alimentos–, oxígeno y dióxido de carbono –del aire–, virus y bacterias –del ambiente–. Estos elementos están en la sangre, pero no todos juntos ni en la misma proporción en todas partes. La sangre menstrual, por ejemplo, contiene células muertas del endometrio, hormonas –como la progesterona–, células totipotentes –que son muy especiales porque pueden convertirse en diferentes tipos de células– y también proteínas. ¡Hay 48 proteínas que solo se encuentran en la sangre menstrual!

Existen diferentes productos, como los cosméticos, los artículos de limpieza y los agroquímicos, que ingresan en el organismo y parte de ellos se queda en la sangre. Es por eso que, al igual que el resto de la sangre, la menstrual da muchas pistas acerca de los hábitos, el ambiente y los consumos de las personas.

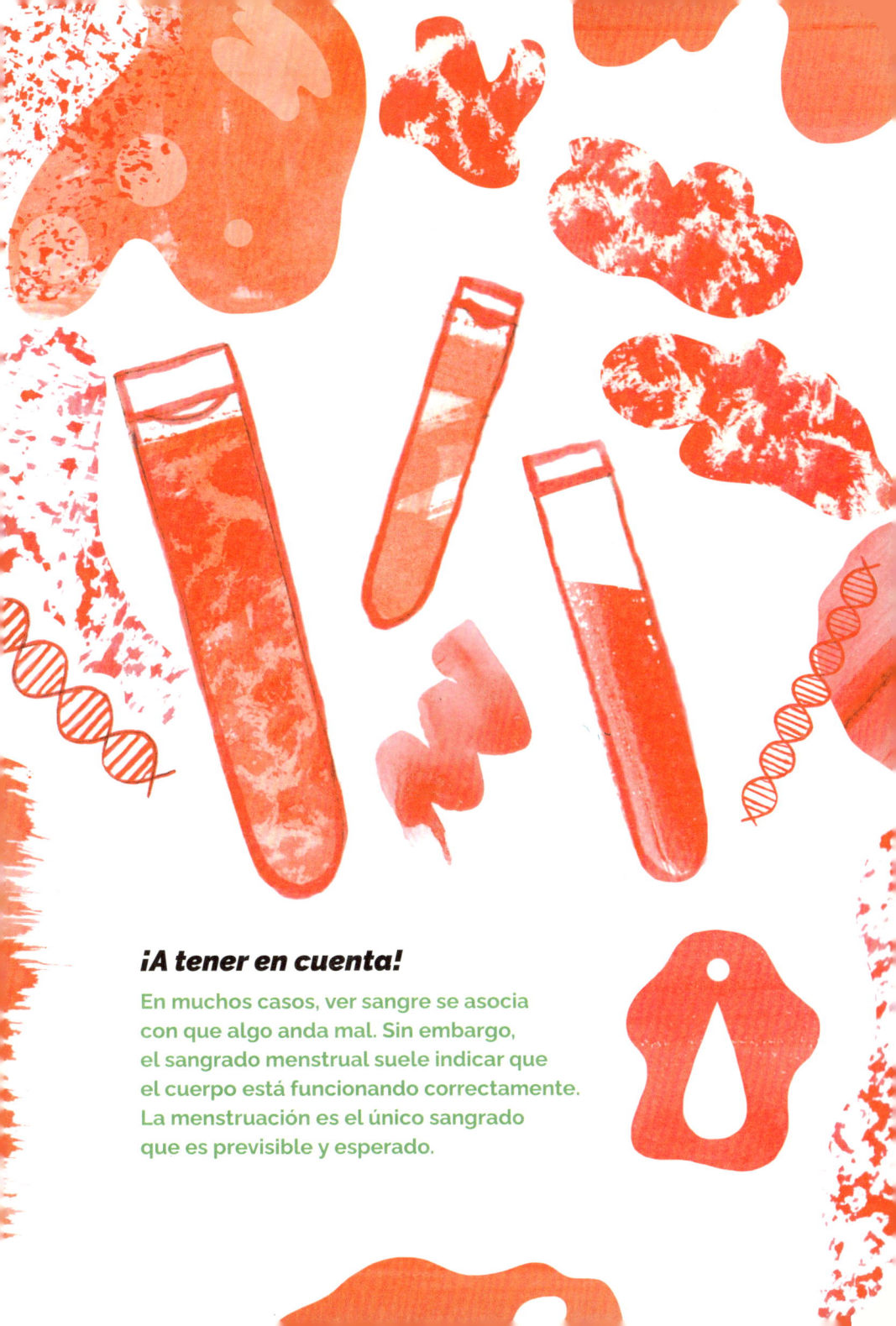

¡A tener en cuenta!

En muchos casos, ver sangre se asocia con que algo anda mal. Sin embargo, el sangrado menstrual suele indicar que el cuerpo está funcionando correctamente. La menstruación es el único sangrado que es previsible y esperado.

¿Toda la sangre que sale de la vagina es menstruación?

RESPUESTA CORTA: NO, NO SIEMPRE que sale sangre de la vagina es menstruación. Hay otras causas que pueden provocar sangrado vaginal entre menstruaciones y, por lo general, esta sangre es distinta a la menstrual: tiene un color más oscuro y es menos líquida.

Muchas personas experimentan, en el momento de la ovulación, sangrados leves conocidos como *spotting*. También puede pasar que aparezcan pequeñas manchas de sangre luego de la masturbación, las relaciones sexuales o de una revisión ginecológica. Esto suele suceder por falta de lubricación, que causa que se rompan algunos capilares, y, en general, no se trata de lesiones graves. Por último, en el caso de que se produzca o se provoque la interrupción de un embarazo, también puede haber sangrado.

La mayoría de las veces, los sangrados intermenstruales no deberían ser motivo de preocupación: el cuerpo no es una máquina y hay una gran cantidad de cosas que pueden hacerlo reaccionar de manera inesperada.

Sin embargo, si el sangrado entre menstruaciones es frecuente, muy abundante o doloroso, sería bueno hacer una consulta médica.

¿Sabías que...?

Es frecuente que la sangre de las primeras menstruaciones sea oscura y densa, y que el sangrado, en lugar de durar varios días, sea intermitente.

¡A tener en cuenta!

Luego de una relación sexual o una revisión ginecológica puede haber algún sangrado. Haya o no sangrado, si alguna de estas situaciones no se dio en un clima de respeto, es importante que lo hables con alguien de tu confianza y pienses qué puedes hacer al respecto.

¿Qué se hace con la sangre?

LA MAYORÍA DE LAS PERSONAS que menstrúan prefiere usar algún producto para evitar que la sangre se derrame en la ropa o sobre otras superficies. Las opciones son muchas: hay quienes combinan varios productos, hay quienes usan el mismo toda la vida y hay quienes los van cambiando. Todos pueden usarse desde la primera menstruación hasta la última.

Como muchas otras cosas, utilizar correctamente los productos de gestión menstrual requiere de cierta práctica. Puedes recurrir a alguna persona de tu confianza o a algún profesional de la salud para que te oriente en su uso. ¡No te desanimes si las cosas no resultan como esperabas desde la primera vez! Y no dudes en hacer preguntas si lo necesitas.

Es importante que corrobores que el o los productos de tu elección estén certificados por el organismo de salud de tu país, pues esto garantiza que es seguro utilizarlos. Elijas el que elijas, sigue las instrucciones de uso sugeridas. Y ten en cuenta que, aun cuando se utilicen como indican los fabricantes, a veces pueden fallar. Mancharse con menstruación es algo bastante habitual y no debería ser motivo de vergüenza.

#MENSTRUtip

Si notas alguna reacción en la piel o picazón, se recomienda suspender el uso del producto de gestión menstrual y evaluar si conviene hacer una consulta médica.

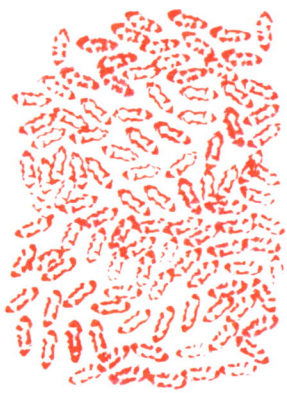

¿Qué productos se pueden usar?

Compresas desechables: Se colocan sobre la ropa interior y se recomienda cambiarlas cada 6 horas o menos si el sangrado es muy abundante. Se presentan en diferentes modelos: delgadas, normales, gruesas o nocturnas; con alas, sin alas. En su producción se emplea mucha agua y la mayoría no son biodegradables.

Tampones: Se colocan dentro de la vagina y se cambian cada 6 horas o menos si el sangrado es muy abundante. Pueden usarse a cualquier edad y vienen en diferentes tamaños, en función de la cantidad de sangrado. Si te los dejas mucho tiempo puestos pueden causar problemas de salud, por lo que no es recomendable que los uses mientras duermes.
Son descartables, pero no biodegradables.

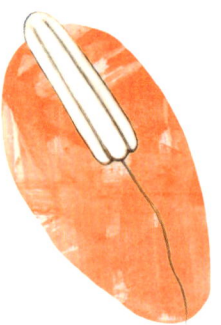

TRABAJO DE CAMPO

¡A experimentar!

Consigue varios productos. Tócalos, míralos en detalle y compáralos: ¿en qué se diferencian? ¿Cuál crees que es la principal ventaja y desventaja de cada uno? Aunque no menstrúes, si te da curiosidad, puedes probarlos y caminar con ellos para ver si te resultan cómodos.

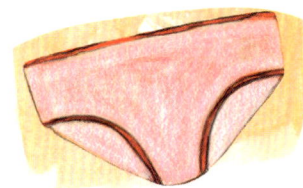

Ropa interior absorbente: Se usa como cualquier ropa interior y está confeccionada con telas especiales que absorben el sangrado. Algunas tienen la capacidad de absorción equivalente a 2 tampones. Se dejan en remojo y luego se lavan.

Compresas de tela: Se usan igual que las descartables, pero en vez de desecharlas se ponen en remojo unas horas y luego se lavan a mano o en lavadora.
Si no estás en tu casa, al cambiarlas puedes guardarlas en cualquier recipiente impermeable y lavarlas luego.
Una vez lavadas y secas ya están listas para volver a usar.

Copa o disco menstrual: Es de silicona y viene en varios tamaños. Al igual que el tampón, va dentro de la vagina, pero en lugar de absorber el sangrado, lo colecta. Cuando se colma su capacidad o después de ocho horas de uso, se retira, se vacía, se enjuaga y se vuelve a colocar. Al finalizar la menstruación, se esteriliza con agua hirviendo y se guarda, y se esteriliza nuevamente antes de volver a usarla. Puede durar hasta 10 años y también hay versiones descartables.

#MENSTRUtips

• **Los productos de gestión menstrual tienen indicaciones de higiene muy precisas. No son complicadas de seguir, solo tienes que prestar atención y tener constancia.**
• **En la consulta ginecológica puedes pedir que te muestren cómo colocar y sacar una copa menstrual y que te ayuden a elegir el tamaño adecuado.**

¿Qué tiene que ver la menstruación con la desigualdad?

SE CALCULA QUE EN EL MUNDO menstrúan alrededor de 1800 millones de personas. Dentro de este grupo enorme, hay muchas que no tienen los recursos necesarios para comprar productos de gestión menstrual, o no cuentan con instalaciones sanitarias ni acceso a agua potable para poder higienizarse, o no reciben la información adecuada. En algunos casos, suceden todas estas cosas a la vez.

¿Sabes cuántas personas están en esta situación? Casi el 30 %, es decir, unos 600 millones de personas. Muchas de ellas faltan a la escuela o a sus trabajos los días que están menstruando. A falta de los productos adecuados, usan retazos de tela u otros materiales que tienen a mano, lo que aumenta las probabilidades de infección. Además, estas mismas situaciones hacen que algunas veces sean discriminadas y estigmatizadas por ello.

Para referirse a estos problemas se creó el concepto «desigualdad menstrual», que pone el foco en varias cuestiones: los gobiernos deben hacer campañas masivas de información, las escuelas deben ofrecer instalaciones sanitarias adecuadas, los productos de gestión menstrual tienen que estar al alcance de todo el mundo y los equipos de salud deben hablar de la menstruación en sus consultas. Sin duda, la menstruación es un factor más de desigualdad y este es un asunto muy serio.

TRABAJO DE CAMPO

¡A experimentar!

¿Las personas de tu entorno saben qué es la desigualdad menstrual? ¿Qué podemos hacer para que se solucionen estos problemas?

¿Cómo se combate la desigualdad menstrual?

Desde 2023, en **España** los centros educativos tienen la obligación de garantizar el acceso gratuito a productos de gestión menstrual en las situaciones en que resulte necesario.

Gracias a la presión de la campaña **#MenstruAcción**, decenas de municipios y algunas provincias de **Argentina** aprobaron leyes que garantizan la entrega gratuita de productos de gestión menstrual en sus territorios.

En **Colombia**, la campaña **Menstruación Libre de Impuestos** consiguió bajar el impuesto a los productos de gestión menstrual del 16 % al 5 % en todo el país. Y en **Canadá**, luego de una campaña que reunió más de 74 000 firmas, directamente se eliminó este impuesto.

Kenia fue el primer país del mundo en sancionar una ley que asegure el acceso a los productos de gestión menstrual. En 2004 se eliminaron los impuestos a estos productos y se implementó la provisión gratuita en las escuelas.

En **India**, a partir de la campaña viral **#LahuKa Lagaan** –que significa «impuesto a la sangre»–, el gobierno decidió quitar el impuesto del 12 % a todos los productos de gestión menstrual. Fue la primera vez que una reforma impositiva se implementó en los 29 estados del país.

En **Reino Unido** se eliminaron los impuestos a los productos de gestión menstrual. Y luego de una exitosa prueba piloto en Escocia, se comenzaron a repartir estos productos de forma gratuita en todas las instituciones educativas de los países que lo componen.

¿Qué tiene que ver la menstruación con los embarazos?

A LO LARGO DEL TIEMPO, en distintos lugares del mundo, se ha relacionado y todavía se relaciona la menstruación únicamente con el embarazo. Y si bien es cierto que la primera menstruación puede indicar el inicio de la ovulación y, con esta, la posibilidad de que se produzca un embarazo, la menstruación está relacionada también con muchas otras cosas.

De todo lo que sucede durante el ciclo menstrual, hay dos cosas que son especialmente importantes para que se pueda producir un embarazo: el engrosamiento del endometrio y la ovulación.

También tendrían que llegar espermatozoides hasta las trompas uterinas, algunos tendrían que encontrarse con el óvulo y este tendría que permitir su ingreso para que se produzca la fecundación. Si todo esto sucede y luego el óvulo fecundado logra implantarse en el endometrio, entonces sí podría producirse un embarazo. Si, como ocurre la mayoría de las veces, el óvulo no es fecundado o no se implanta, sale por la vagina junto con las capas externas del endometrio como sangrado menstrual.

El hecho de empezar a menstruar y tener la capacidad física de reproducirse no significa que haya llegado el momento de tener un hijo. La decisión de tener o no tener hijos se relaciona mucho más con el proyecto personal que con el desarrollo físico. De hecho, un embarazo a una edad temprana es de riesgo, pues ni el cuerpo ni las emociones están preparados para llevarlo adelante o acompañarlo de manera saludable.

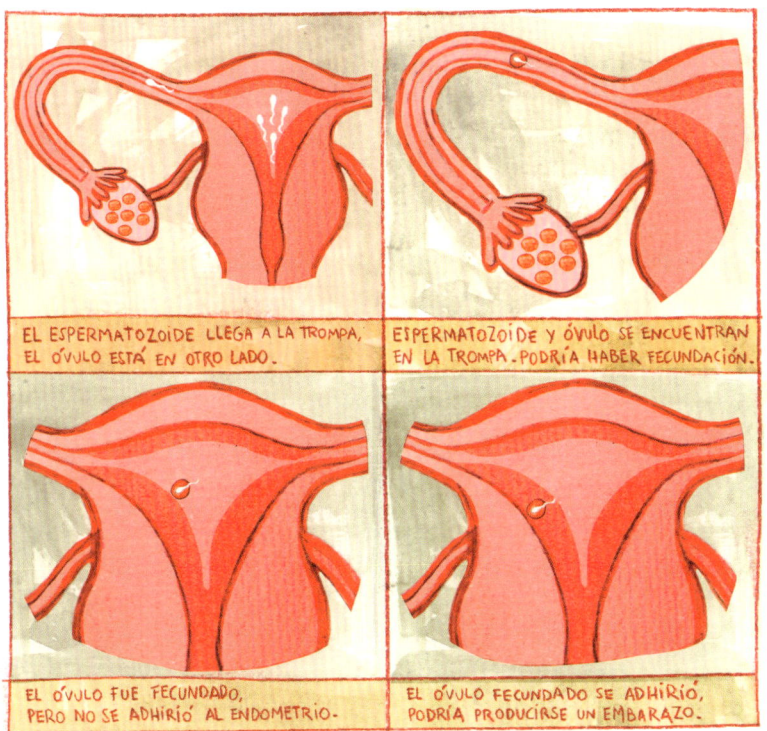

EL ESPERMATOZOIDE LLEGA A LA TROMPA, EL ÓVULO ESTÁ EN OTRO LADO.

ESPERMATOZOIDE Y ÓVULO SE ENCUENTRAN EN LA TROMPA. PODRÍA HABER FECUNDACIÓN.

EL ÓVULO FUE FECUNDADO, PERO NO SE ADHIRIÓ AL ENDOMETRIO.

EL ÓVULO FECUNDADO SE ADHIRIÓ, PODRÍA PRODUCIRSE UN EMBARAZO.

¿Sabías que...?

Los métodos anticonceptivos sirven para evitar o reducir la posibilidad de un embarazo. Pueden usarse desde la primera relación sexual y a lo largo de toda la vida fértil. Algunos funcionan evitando que los espermatozoides lleguen hasta el óvulo y otros directamente evitan la ovulación.

#MENSTRUmito

«Si se tienen relaciones sexuales menstruando no hay posibilidad de embarazo.»

El esperma puede permanecer vivo en el útero y en las trompas durante varios días. Si esto se combina con una ovulación temprana (ciclo corto), podría producirse un embarazo. También se podría confundir un sangrado con menstruación cuando, en realidad, se trata de *spotting* debido a la ovulación.

¿Ya se hizo mujer?

PARA MUCHAS FAMILIAS Y COMUNIDADES la llegada de la menstruación es un hecho muy significativo. Este evento suele ser interpretado como el camino hacia la edad adulta y, con ello, la llegada de nuevas responsabilidades. Se espera que quien comienza a menstruar abandone los juegos considerados infantiles y empiece a comportarse como una persona adulta.

Incluso, en algunas culturas, se realizan rituales y se organizan fiestas para celebrar la llegada de la menstruación. En general, esta algarabía está relacionada con la idea de que las mujeres tienen que prepararse para el matrimonio, casarse, quedarse embarazadas y tener hijos. Esta concepción refuerza la idea de que son solo las mujeres las que deben ocuparse de las tareas domésticas y de cuidado.

La llegada de la menstruación no significa en absoluto que haya que dejar de jugar ni empezar a prepararse para formar una familia.

El pasaje de la niñez a la vida adulta es un proceso largo, que involucra muchas vivencias y sensaciones, y no es igual para todas las personas. No hay un hecho único que pueda considerarse el fin de la infancia ni el inicio de la adultez.

De hecho, si recorres mentalmente tu vida, seguramente encuentres etapas muy distintas en tu propia niñez. Y lo mismo pasará en la adolescencia y en tu vida adulta.

TRABAJO DE CAMPO

¡A experimentar!

Escribe en un papel qué cosas que se consideran «infantiles» te gustan hacer. Pide a tus amigas y amigos que hagan lo mismo y luego comparad lo anotado. ¿Cómo os sentiríais si tuvieseis que dejar de hacerlas?

¿Hay cosas que no se pueden hacer menstruando?

HASTA EL MOMENTO, no hay estudios científicos que sugieran cambiar las rutinas durante la menstruación o que demuestren que el ambiente se modifica en presencia de alguien que está menstruando. Sin embargo, la forma en que se vive la menstruación a veces se rige por cuestiones ligadas al lugar, las creencias y el momento histórico.

• Existen culturas que prohíben que las mujeres participen de ciertas actividades durante los días de sangrado. En algunas zonas rurales de Latinoamérica, por ejemplo, no pueden matar animales porque se cree que pudren la carne.

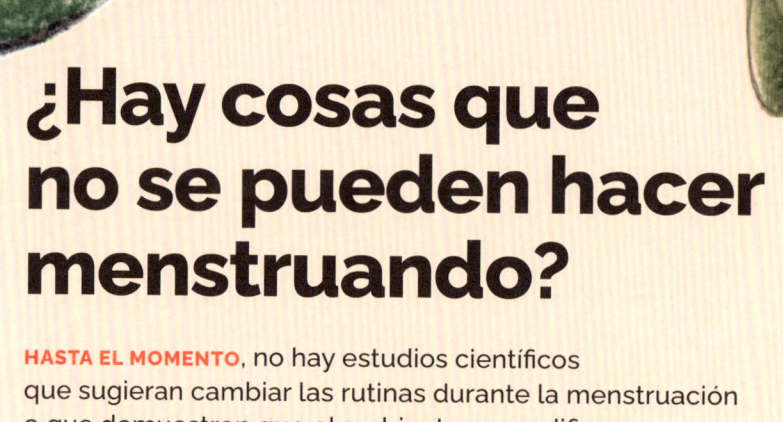

• Algunas personas muy religiosas creen que las mujeres se vuelven impuras durante la menstruación y, por ese motivo, cuando están menstruando no pueden entrar en lugares sagrados, compartir la cama con sus parejas o preparar la comida.

• Muchas personas sostienen que, mientras se está menstruando, hay que evitar hacer actividades físicas exigentes, como nadar o correr. Pero, al contrario, la actividad física puede mejorar el estado de ánimo y aliviar dolores.

• Aunque tanto los guardabosques como los científicos aclaran que no es cierto, mucha gente en Estados Unidos cree que los osos se sienten atraídos por el olor de la sangre menstrual. Por este motivo, hay quienes cuando están menstruando evitan pasear o acampar en algunos parques nacionales.

¿Por qué es tabú hablar de menstruación?

TAL VEZ HAYAS PERCIBIDO que, para ciertas personas, la menstruación es un tema de conversación incómodo. Durante años y años se ha tratado como un tema privado que debía mantenerse en secreto (y en algunos ámbitos todavía sigue siendo así). De este modo, al considerar inapropiado hablar de la menstruación abiertamente, se creó cierto silencio alrededor del asunto, incluso en las casas y en las escuelas.

Pero, además, en muchas sociedades la menstruación se relaciona únicamente con la capacidad de procrear. Y según esta mirada, cada menstruación indica un «no embarazo», un fracaso o una señal de infertilidad. Por eso también se evita mencionarla. Tan así es que, en todos los idiomas, existen numerosas formas de referirse a ella «de otra manera»: la regla, el período...

Asociar la menstruación con un fracaso porque no acabó en un embarazo refuerza la idea de que el único propósito de las mujeres es ser madres. Las expectativas sociales respecto de la maternidad pueden generar sentimientos de culpa para quienes no la desean o frustración para quienes no la consiguen. Todo esto tiene un impacto negativo en la salud y el bienestar de muchísimas personas. Sin duda, para poder superarlo es necesario dialogar, dialogar y dialogar.

¿Sabías que...?

La palabra «tabú» viene del término *tapu,* que llegó a Europa desde la Polinesia y que significa algo tan poderoso que ni siquiera puede nombrarse, ya que si se hace, se invoca a una fuerza incontrolable. Los tabúes imponen silencio porque, al convocarlos, podrían causar mucho daño.

¿Y qué podemos hacer?

DURANTE LARGO TIEMPO LA INFORMACIÓN acerca de la menstruación fue producida sin tener en cuenta las experiencias de las personas que menstruaban o que menstruar es mucho más que un proceso corporal. Se consideraba totalmente aceptable que las personas que no menstruaban hablaran por las que sí lo hacían y fueran quienes elaboraran las teorías científicas y médicas sobre la menstruación. Es decir, que decidían qué investigar, cómo hacerlo y de qué forma interpretar los resultados. Esto tuvo un impacto significativo en cómo se manejó la información sobre la salud a lo largo de la historia. Y, lógicamente, llevó a interpretaciones equivocadas o cargadas de prejuicios.

Sin una mirada integral sobre la menstruación, que tenga en cuenta las experiencias de las personas que menstrúan y todas las cosas con las que la menstruación se relaciona, seguirán circulando mitos, tabúes y malentendidos. Si no hablamos abiertamente sobre la menstruación, si no la tomamos como un asunto que valga la pena estudiar, no lograremos que la información que se difunda sea la correcta. Por otro lado, cuando una sociedad no conversa sobre algo, es difícil que lo considere importante y se organice para incluirlo en sus demandas colectivas.

Producir, distribuir y compartir el conocimiento nos hará avanzar hacia una sociedad más justa y saludable. Esperamos que este libro te haya dado ganas de ser parte de este proceso, investigando y hablando sobre sobre este tema:

la menstruación.

Menstru**índice**

Millinois

△ **Espelma**Edicions

Maquetación y producción: Emiliano Plank

Edita: Espelma edicions
Avda. Jaume III nº 9 - CP 07320 Santa Maria del Camí (Illes Balears)
www.espelmaedicions.com

1ª edición: octubre de 2024

Imprime: Pressing Impressió Digital, SA
Depósito legal: PM 00735-2024
ISBN: 978-84-128540-2-2

A mi hija, Martina Aldavert Simó,
donde mora mi corazón

A María Garcia Maestro. Jugadora empedernida
al rojo, de una ruleta que solo tenía el negro

«Vivir es como avanzar en un museo: luego es cuando empiezas a entender lo que has visto»
Audrey Hepburn

«Lo intenté»
Cartelito de cartón escrito a boli
de un mendigo de Nueva York

Prólogo

Empezamos. Hubo un día en que creía que sabía hacer algo, escribir. Y a veces sentí que así era, que simplemente tenía que pensar un poco, comprar un bloc de notas y ponerme delante del ordenador. ¿Qué podía salir mal? Pero para la gente que se atreve a poner tinta sobre papel solo hay una salida, la del reconocimiento social. Por mucho que digan nadie hace ascos a un aplauso, a un altar improvisado o a una mirada, y menos si viene del género que gusta.

Escribí este relato a partir de un viaje; de otro viaje. Estaba hilando una novela larga e intensa sobre una chica que conocí durante mi niñez, pero de la cual no volví a saber nada. Treinta años más tarde, llevé a cabo una investigación para saber primero su nombre, luego qué hacía y finalmente donde vivía. Ni corto ni perezoso puse la moto en marcha y crucé la Península casi de punta a punta para reencontrarme con ella. Después de horas de marcha por carreteras secundarias, camino de Granada, paré en un pueblo de La Mancha, el primero que encontré justo antes de que se me acabara la gasolina. Y era Tomelloso. Y es precisamente ahí y en ese momento, sentado en un bar cualquiera, cuando empecé a pensar en el libro que tienes entre las manos.

A lo que iba.

El mundo está lleno de personas que conocen más la frustración que a sí mismas. Esto va así y entre ellas me cuento, me encuentro. Un día, sin quererlo, ves un concurso literario o te cuentan que lo ven y automáticamente haces ¡Chas! Y apareces a su lado. Inmediatamente encadenas noches febriles de pasión bailando con una historia que sabes en lo más profundo de tu corazón que es solo eso, una historia de las tuyas. Pero nada más lejos de la realidad. En Londres, Madrid, Barcelona y en otras tantas ciudades de Europa y del planeta entero hay decenas, cientos de personas que cobran más de tres mil euros al mes (y si no los cobran también) imaginando y cargando datos para saber qué es lo que desea la gente. No la gente de otro país o de otro barrio o campo o ciudad, sino tu propia hija, mujer, madre y hasta el cuñado de turno que solo piensa en barcos y en la pesca. Así todo es un poco más fácil.

Pero tanto da. Hay que reconocer que detrás de toda la parafernalia mercantilista de los despachos hay una mujer que escribe divinamente (o algunos graciosos que se hacen pasar por mujer), y que tiene la capacidad de imaginar una para-realidad fantástica que se convierte no solo en una película, sino en otra vida para miles y tal vez cientos de miles de personas. Y el resto es otra fantasía, pero llena de estiércol intelectual.

Sin embargo, aquí estoy. Esta historia me emociona, incluso después de haberla leído más de doscientas veces. Aunque no lo creas, en ocasiones voy por la calle tatareando su título. Sobre todo cuando veo a una madre y a una hija con ilusiones compartidas.

Así es que vamos allá. Esto es Millinois.

* ✳ *

I. CASA AJO

—He regado los cerezos, el huerto, los cuatro olivos y el almendro. Me voy.

—Hay que ayudar a tu padre con la leña.

—Luego.

El frío del invierno manchego se te calaba hasta los huesos. La neblina del amanecer flotaba como un algodón a lo lejos, justo antes del horizonte, en medio de un silencio solo quebrado por el canto de algún pajarillo. Pronto se destemplaba la escena, porque el ruido del motor del autobús que recogía a las chicas y a los chicos de las fincas para llevarlos al colegio no admitía confusión. El conductor era el señor Jaime. Ni un solo día dejó de venir. Siempre con un palillo en la boca y su gorra de marinero. Abría la puerta y con un chasquido de dientes y una mueca sutil te daba los buenos días.

Cuando arrancaba, adoraba mirar por la ventana empañada la silueta de mi casa. Mi padre hacía rato que iba y venía y las gallinas, ya libres, picoteaban entre las hierbas y la escarcha que se acumulaba en sus finas hojas. Mi madre, con los brazos cruzados apretando el abrigo, miraba el autobús fijamente. Nunca quitó la vista ella antes que yo.

Pronto tendría que empezar bachillerato, aunque eso en Tomelloso no supone mucho. Me conocían como Martina «la calculina». A mis amigas les encantaba verme resolviendo problemas, acertijos e incluso cuando les contaba leyendas de matemáticas, como la de ese rey indio y Sissa, con los granos de trigo y el ajedrez de por medio, se quedaban ojiplácticas.

Algún estúpido sí que se reía de mí, llamándome «la listilla que huele a ajo», pero mi padre me enseñó que a los idiotas hay que tratarlos como a tales, así es que cuando me lo decían les contestaba que mejor oler a ajo que a nada.

Cuando tocaba matemáticas, me llevaban con los mayores. En cada boletín tenía una Matrícula de Honor apuntada a mano y elogios con admiraciones que se salían del papel. A mis padres se les caía literalmente la baba cuando lo leían, a mí me daba más bien igual. Alguna vez vinieron a casa profesores, directores e incluso gente de Madrid para hablar a mi familia de todo lo que sabía o que decían que sabía. Los tres escuchábamos a todo el mundo, pero nos quedábamos igual. Faltaría más.

Los números lo eran todo para mí. Los veía en los árboles, en las nubes, en las tardes calurosas de verano, en la piscina del pueblo, en la plaza, en los campos de ajos que mis padres trabajaban, en cualquier lugar. Contaba coches, motos, camiones, incluso llegué a contar estrellas. No de broma, sino a contarlas de verdad. Me enfadaba porque mis amigas, cuando nos juntábamos en las noches despejadas, en lugar de mirar al cielo, me miraban a mí.

En la cama, a la hora de dormir, si algo no hacía era, precisamente, contar ovejas. Calculaba las dimensiones de cualquier cosa que hubiera en la habitación. Tenía una lamparita roja en el suelo que proyectaba a partes iguales luces y sombras.

Luego de hacerlo, intentaba encontrar proporciones, espacios cúbicos y figuras geométricas. Hasta que me dormía de cansancio. Mi póster preferido era una foto vieja de la bóveda de la mezquita de Córdoba, con esa gracia especial llena de luz que solo tiene el arte árabe. Me moría por ir.

Compramos esta casa cuando yo todavía estaba acurrucada en el vientre de mi madre. Era y es más bien una casita. Con su puerta, sus dos ventanas, un porche en la entrada y las tejas enrojecidas que tanto me gustaba mirar desde el cerro de las liebres, al otro lado de la carretera. A veintitrés coma seis metros de la casa estaba el gallinero, y a ciento dos pasos el pajar. Ahí guardaban mis padres el tractor, las herramientas y los centenares de ristras de ajos colgadas de las vigas de madera que, otra vez, dibujaban una cúpula triangular tan perfecta que casi parecía áurea. Nunca llegué a averiguar si lo era.

Creo que lo primero que vi en mi vida fue un ajo. Tal pasión tenía mi padre por ellos que después del biberón me ponía uno pelado en la boca para que lo chupara. Mi madre, cuando oye esta historia, se ríe como una gallina cuando cacarea. Da igual si la escucha mil veces, que mil veces se ríe de esta guisa.

En casa no teníamos muchas cosas. No las echábamos de menos. En invierno la chimenea nos daba la vida, en verano la alberca y en primavera las flores crecían junto al huerto pintando la tierra de colores y haciendo volar a miles de pequeños insectos. A mis amigas les encantaba venir. Corríamos como nunca nadie lo ha hecho, nos mojábamos con la manguera del jardín o simplemente pasábamos las tardes haciendo los ramos de flores más bonitos del mundo. A veces venía Miguel, el hijo pequeño de los *Vinagres*, una gente que cultivaba tantas hectáreas de vid que nunca se sabía dónde empezaban sus tierras y dónde acababan. Era un chico medianamente gracioso, delgado y muy moreno, con unos ojos azules tan pequeños como profundos. Cuando te miraba, a veces, se te helaba el alma. Su principal pasatiempo era observar cómo nos divertíamos nosotras, aunque siempre le hacíamos alguna trastada. Recuerdo una vez que de la alberca cogimos una rana y se la pusimos por dentro de la camiseta. Casi nos desmayamos de la risa. Menudo enfado cogió ese día. Y creo que aún le dura.

Mi padre, aparte de estar todo el día preocupado, era un gran cocinero. No hace falta decir que conocía todas las recetas del mundo que se hicieran con ajos, a partir de ajos, a base de ajos o simplemente solo con ajos. Conejo al ajillo, bacalao ajoarriero, pollo con ochenta ajos, paté de ajos, pastel de ajos y, por supuesto, sopa de ajo. Si venían las compañeras de clase a comer o a cenar el domingo, el lunes por la mañana nos echábamos unas buenas risas con el aliento de todas.

Junto al pajar vivía Margarito. Un burro inconfundible, porque tenía una oreja inclinada hacia delante y otra hacia atrás. Era nuestro burro. No uno cualquiera. Era muy simpático, y con unas patas largas y fuertes como el hierro. Siempre ponía cara de triste cuando uno de nosotros nos alejábamos de él. Mi padre decía que era un malcriado, mi madre que comía demasiado, pero los tres lo queríamos. Su principal tarea era pasear. Le encantaba caminar, o trotar, no sé cómo se dice, y cuando lo llevábamos de paseo no se dejaba amedrentar por nada ni por nadie. Siempre seguro, avanzaba una pezuña y luego otra, sin importarle los socavones, las piedras o cualquier tipo de maleza o rama. Tantos quilómetros le dieses, tantos hacía. A mí me encantaba llevarlo por el camino de Hellín, donde la hierba crece fuerte y los árboles son altos y esbeltos.

Margarito. El nombre se lo puse yo. Le acariciaba la frente todos los días y le rociaba con el repelente de insectos, que no era otra cosa que un mejunje que preparaba mi madre a base de romero, tomillo y amoniaco.

—Ese es mi Margarito —le decía siempre que me empujaba la espalda con el hocico.

La primavera se abría paso con fuerza. Había flores en cada rincón y el agua fresca del riego impregnaba la tierra de su sangre. Una tarde, vino a casa mi profesor, el señor Alejandro. En realidad no sé si era un señor, ahora que lo pienso. Era muy joven. Vestía unos pantalones vaqueros y una sudadera del Rayo Vallecano. Era un apasionado del fútbol. Pidió hablar con mi madre y con mi padre. Todos sabíamos a qué venía, pero todos nos hacíamos los preocupados como si fuese a darnos una mala noticia.

—Su hija, Martina, ya lo saben ustedes, tiene una facilidad para las matemáticas fuera de lo común. He venido porque en junio hay una convención en Córdoba, sobre el triángulo cordobés y la geometría aplicada a la ingeniería, y creo que su hija debería ir.
—¿Una convención de qué? —dijo mi padre sorprendido.
—Son solo dos días. No puedo ir con ella porque estaré de viaje, me voy a la India, pero sería genial si la pudieran acompañar. Será algo grande. Hablarán de muchos temas y estoy convencido que a Martina le apasionará. Habrá profesores, arquitectos, científicos...
—¿Son todo hombres? —le respondió mi madre haciéndose la tonta.
—No, no, perdone usted, evidentemente hay muchas profesoras, científicas y arquitectas —dijo entrecortándose— y Martina, espero.

Quedamos en qué ya veríamos, que es lo mismo que nada. Pero por mi cabeza empezaron a volar pájaros, a sentir la emoción de la ciencia y la ilusión sin igual de un viaje. El señor

Villegas, el que nos compraba los ajos cada año, siempre decía que un viaje se disfruta tres veces, cuando lo planificas, cuando lo haces y cuando lo recuerdas. Hoteles, restaurantes, plazas llenas de vida, un palacio, el carnet del congreso... Solo de pensarlo se me hacía la boca agua.

Pero poco me duró la alegría. No había pasado ni una semana. Volvía a casa pensando qué les podría contar a mis padres, porque cada día me preguntaban mil cosas, sobre el comedor, las amigas, las actividades, los trabajos, las fichas de castellano y hasta educación física. Tal interés merecía siempre una respuesta detallada, aunque en realidad no hubiera pasado nada. Abrí la puerta y vi a mi madre y a mi padre sentados en la mesa del comedor, rodeados de papeles, el teléfono y el ordenador del año de la catapum que teníamos en casa.

Mi padre estaba muy serio. Jamás lo olvidaré.

—¿Qué te pasa papá?

—No te preocupes Martina —contestó mi madre con los ojos rojos—. Estamos preocupados porque no nos salen las cuentas. Gastamos demasiado gasoil, y los ajos se venden muy baratos. Pero saldremos adelante. Necesitamos pensar.

No había oído hablar nunca de dinero en mi casa. O si lo había oído era para reírnos de él y de los que decían que lo tenían. Pero llegó el día.

—Papá, no te preocupes, voy a buscar una solución. ¿Cuánto gastamos en gasoil del tractor en un año? ¿Son veinte hectáreas de campo en total, no?

—No te preocupes cariño, mamá y papá lo van a arreglar.

Tuve que salir afuera, porque Margarito, con un rebuzno, reclamaba su paseo y su comida. Me paré en el porche, observé el campo y los ajos, y mi mente empezó a calcular. No sé el qué, pero a calcular.

La noche era cerrada y por la ventana asomaba la media luna que poco a poco con su luz iba desdibujando el universo de estrellas que me visitaba en aquella maravillosa oscuridad. En el cajón de los calcetines guardaba los dibujos de cuando era solo una niñita encantada de la vida. Estaban empapados de témpera seca, acartonados. Lo saqué y los puse en el suelo de la habitación, boca abajo. Los repartí de modo que se asemejaran a las parcelas de Casa Ajo. Con la furgoneta de juguete de Scooby-Doo que tenía simulé los movimientos que hacía el tractor al labrar, abonar y trinchar los campos. Al fin y al cabo se trataba solo de eso, de un recorrido dentro de un área.

—Martina, son casi las once, métete en la cama ya —dijo mi madre desde el pasillo.

Y me metí en la cama, pero no me dormí. Encendí la lamparita roja y el haz de luz que proyectaba a través del capuchón redondo fue a parar encima de los papeles. Una circunferencia iluminó mi mente. El tractor se mueve siempre igual. Empieza paralelo al límite de la parcela, llega al final, levanta el arado, da marcha atrás, gira, va hacia adelante, vuelve a dar marcha atrás, baja el apero y empieza el segundo renglón. Y esas tres maniobras tiene que hacerlas un montón de veces para labrar una hectárea. Si cuento 100 metros de lado, y el tractor trabaja en franjas de cinco, son 20 veces en cada final. 20 por 2, 40. Y 40 por 3 maniobras, agárrate, 120 veces que el tractor tiene que levantar, dar marcha atrás, adelante, colocarse, marcha atrás y vuelta a empezar. Si lo contamos para veinte hectáreas, 2.400 maniobras. ¿Cuánto gasoil supone eso?

¡Ya lo tengo! Una espiral. ¿Y si el tractor empieza en el centro y va recorriendo una espiral? No tiene que hacer ninguna maniobra. Eso son muchas horas y muchos litros de combustible de ahorro, en cada palmo de tierra, en cada parcela, en cada finca de todo el mundo.

Piensa Martina, piensa. Pero luego la espiral, en un cuadrado, si la finca es cuadrada o rectangular, se quedarán las esquinas sin labrar. Pero las esquinas son siempre donde menos se produce, eso no es problema. Se podrían poner las casetas de las herramientas, los garajes, los pajares, los animales, placas solares para tener energía limpia... Otros cultivos, la huerta... Un momento, ¿y por qué tienen que ser las fincas cuadradas? ¿Y por qué no pueden ser circulares?

Dibujé, sin quererlo, un mundo en espiral.

No había apenas dormido, pero una ilusión desbordante me mantenía alegre. Llegué a casa bien entrada la tarde y empecé a correr y a vocear como una loca. Senté a mis padres en la mesa del comedor y saqué esos papeles acartonados. Se me cayeron, de nerviosa que estaba. Los recogí, los puse a todos en posición y dibujé la espiral con la furgoneta de Scooby haciendo de tractor, mientras mi padre se limpiaba las gafas con el faldón de su camisa. Me prestaron toda la atención, más que nada porque di un golpe tremendo a la mesa con la rodilla y parecía que me había roto la pierna, pero no sentía dolor, no me importaba, solo veía espirales.

—Bueno hija no lo sé, esta semana hay que labrar las tres solanas de arriba, pero no sé si sabré hacerlo así con el tractor. Tampoco sé si el arado funcionará bien dando vueltas.

—Déjate de historias Francisco —le espetó mi madre mirándole con la cara de tanque que ponía cuando algo se le cruzaba en la cabeza—. Inténtalo.

∗ ✳ *∗*

Y lo intentó. No llevaba ni veinte minutos trabajando la tierra en espiral, cuando los gritos del vecino del otro lado de la carretera nos asustaron a mi madre y a mí. Se creía que el tractor se había estropeado y que mi padre estaba en peligro. No le contamos nada, solo que hacíamos algunas pruebas. Aquel hombre se quedó mascando su hierba vinagreta con los brazos en jarra, mientras forzaba la vista hacia el tractor. Se levantó un poco el sombrero de esparto que llevaba y sacó un pañuelo del bolsillo. Se secó el sudor y miró a mi madre de reojo, como si supiera que alguna cosa importante se estaba cociendo allí.

II. EL PRIMER VIAJE

—Mamá, papá, tengo que ir a Córdoba, tenemos que ir. Debo demostrar mi teoría de las tierras en espiral a esa gente importante. El profesor Alejandro les envió un boceto de mi trabajo y quieren que vaya al congreso a presentarlo. ¡Voy a cambiar el mundo!

—¿Qué dices, que vas a cambiar el mundo hija mía? —dijo mi padre mientras soltaba una carcajada y se echaba para atrás— ¿Eso suena muy fuerte, no te parece? Martina, la furgoneta está en el taller, no tenemos con que ir y no quiero pedir favores. Ya sabes que luego se los cobran. ¿No puedes decirle al profesor que alguien lo explique por ti?

—Uf, papá. ¿Te parece bien que alguien explique mi trabajo? ¡Por favor! Alejandro no va a ir y no pienso darle mis papeles a cualquiera. Mira que estropearse el coche ahora... Espera, tengo una idea, ¿y por qué no vamos con Margarito? Le enganchamos el carro del abuelo y listos. Podríamos ir todos juntos, a él le encanta caminar. Sería estupendo.

—Pero vamos a ver hija mía. ¿200 kilómetros en burro? ¿Nos hemos vuelto todos locos? ¡Eso es imposible! Me entra la risa solo de pensarlo...

27

—Yo voy —contestó mi madre, muy seria.

—¿Cómo que tú vas? ¿Y quién va a cuidar de la casa, de las gallinas, del campo? Aquí hay mucho trabajo y no estamos para hacer el ridículo cruzando la meseta con un burro y un carro, ¡por el amor de Dios!

—Puedes hacer lo que quieras. Pero yo voy con ella. Toda la vida hemos luchado para sacar adelante a nuestra hija. Y resulta que es más lista que nosotros, tiene un don y no voy a resignarme. Cuando yo era pequeña tenía muchas ilusiones, y no pude realizar casi ninguna. Quería ser escritora, tú bien lo sabes, y solo porque era la pequeña y la mujer de casa no me dejaron. Tú te has pasado las noches haciendo discursos de si la familia, que si juntos lo podemos hacer todo, que Martina llegará lejos... Que nadie nos puede parar, ¿y ahora dices que es imposible, Francisco?

Mi padre se quedó helado. Cruzó los dedos de las manos, respiró profundamente y levantando la mirada, dibujó una sonrisa loca que aún perdura en mis recuerdos.

—Hablaré con el vecino para que se encargue de las gallinas y del huerto. El lunes a las seis salimos. Martina, ve a buscar un mapa de caminos y carreteras a la biblioteca. Voy a sacar el carro. Nos vamos a Córdoba.

Nuestro gallo Manolín, que era andaluz y más negro que el carbón, soltó su primer canto cuando apenas había amanecido. El sol no se había asomado todavía por el horizonte manchego, que es mucho y muy largo, cuando mi madre me llamó desde la cocina. Odiaba que me despertase así, por no subir las escaleras de casa, pero solo por una vez lo agradecí. Había trabajado durante tres semanas no sé cuántas horas y estaba segura de mí misma. Bajé con la ropa entre los brazos y con la carpeta azul donde guardaba todos los papeles con dibujos, fotos y cálculos.

No había desayuno. Mi madre había preparado café, un cacao con leche en una botella y madalenas. También llevaba un cesto con migas, chorizo y fruta. Lo tapó inmediatamente y se lo llevó hacia afuera. Antes de salir, giró la cabeza y con una sonrisa de oreja a oreja me dijo:

—¿Estás preparada?

Volví a mi habitación. Me vestí, me lavé la cara y me peiné con la misma pinza que me sujetaba el pelo. Abrí la puerta de casa, vi a mi padre haciendo carantoñas a Margarito y el carro lleno de trastos, con la sartén y la olla colgando de la barandilla. Levanté los brazos y me enamoré de la vida.

Cuando mi madre sacudió las riendas, Margarito rebuznó tan fuerte que casi nos quedamos sordos. Era un viaje especial. Lo sabía, y yo sé que él lo sabía.

Mi padre escudriñaba el mapa, entre los traqueteos del carro, con los caminos que yo había marcado mientras levantaba la vista para reconocer las señales y los cruces. Para que nos vamos a engañar, los tres teníamos la sensación de estar haciendo algo ridículo, pero estábamos determinados a hacerlo.

Las primeras horas de viaje fueron de lo más divertido. Procuramos ir por caminos de carro, pero alguna vez teníamos que meternos en cruces de carreteras, y ahí todo el mundo nos pitaba. La gente paraba y nos hacían fotos, y mi padre quería que se lo tragase la tierra. Mi madre y yo nos reíamos solo de verle tan avergonzado.

Nuestro primer objetivo era llegar a La Solana, un pueblo vasto lleno de tractores y rodeado de campos sembrados.

Aparcamos, por decirlo de alguna manera, en una callejuela junto a la plaza mayor, que daba a un descampado de malas hierbas. Desatamos a Margarito y se puso comer verde como si fuera una máquina de segar. Solo levantaba la vista para asegurarse de que estábamos a su lado. Sacaba la lengua para pillar al aire alguna brizna que se le escapaba de entre los dientes. Mi padre se fue a la fuente a llenar el cubo de agua para que el animal bebiera. Cuando volvió, ya había diez o quince personas, algunas con las bolsas de la compra, otras con gorras, mirándonos. Nadie se atrevía a decirnos nada, hasta que un señor mayor, con un bastón de acebuche, soltó un grito, igual que el de una cabra, preguntándonos que qué hacíamos por ahí.

Le explicamos la historia, y esa fue la primera vez de mil que tuvimos que contarla. Mi padre se animó y explicaba el viaje a todo el mundo señalándome, como si yo fuera una especie de astronauta a punto de salir hacia Marte en un plátano volador.

Preguntamos por un hostal, y justo había uno cerca. Mi madre sacó la bolsa de la comida, y nos pusimos a cenar, con ese calor endemoniado, mientras continuaba llegando gente. Mi padre no probó bocado. Se fue a pagar la habitación.

—Ah, ¡son ustedes los del burro! Pase, pase. Tengo solo cuatro habitaciones, les daré la de arriba que tiene una cama grande y una para la niña. Tendrán buenas vistas.
—Muy amable, muchas gracias, sí que corren rápido aquí las noticias. ¿Cuánto le debo?
—No me debe nada, pueden ustedes estar aquí lo que necesiten. Ya lo arreglaremos.

Mi padre volvió, abriéndose paso entre la gente haciendo aspavientos para decirnos que ya teníamos lugar donde dormir. La alegría se reflejaba como nunca en su cara morena y llena de vida. Cogimos los trastos, dejamos a Margarito con una cuerda larga y su cubo de agua. No sé cuántas

ayudarla. Me hizo un gesto con la mano en la cara para decirme que era para lavarnos. Mis padres aparecieron y saludaron a la señora con su mejor buenos días y su mejor sonrisa.

En la pequeña estantería que había junto a la puerta, avisté lo que parecía una piedra, puesta ahí, junto a una hoja de cuchillo sin mango. Me acerqué, la cogí y vi que era un caracol fosilizado. No sabía nada de fósiles, pero fácilmente intuí que aquello debía tener más de un millón de años. Reseguí su concha, mientras mi mente calculaba su longitud. Algo debían de tener las espirales para que la naturaleza crease semejante criatura sin necesidad alguna de cambiarla a pesar del paso de miles de siglos.

Salimos con el cubo fuera y nos pasamos el agua fresca por la cara. Nos secamos con la misma ropa que llevábamos puesta. Le dimos las mil gracias a la señora y mientras mi padre iba a enganchar a Margarito al carro, mi madre la abrazaba con cuidado. Yo hice lo mismo, hasta que llegó el momento de proseguir nuestro camino. Nunca olvidaré esa casa ni a esa mujer. No tenía nada y nos lo dio todo.

Ya nos habíamos alejado un poco, pero sin mediar palabra salté del carro y corrí otra vez hacia la viejita.

—Señora, que nos íbamos y no sabemos ni su nombre, ¿cómo se llama usted?
—Hortensia. Me llamo Hortensia, hija mía. Ve con tus padres. Anda, vete.

Cuando giramos la cabeza por última vez, el hilo de humo que salía de la chimenea nos hizo recordar aquel pan. Sin decirnos nada, cada uno lloramos por nuestra cuenta. No había sido una historia triste pero se nos había roto el corazón, tal vez porque creíamos que quien no tiene un montón de cosas absurdas es pobre y a lo mejor es justo al revés.

* ✳ *

Desde Puente Mocho divisamos ya claramente la silueta de Córdoba y por supuesto la de su mezquita. Nos pusimos muy contentos, aunque mi padre estaba preocupado. Había mucho tráfico, el caos de gente que nos pitaba y nos miraba hacían que la tensión fuera creciendo a cada minuto que pasaba. Por suerte, apareció una patrulla de la policía local y, después de hablar con mi madre y de hacernos unas fotos, llamaron a otro coche y entre los dos nos hicieron un pasillo hasta la ciudad. La verdad es que un burro y un carro en el campo valen, pero en una ciudad es como si pones piña en la olla de los caracoles. Margarito empezó a agobiarse y a mover la cabeza bruscamente de un lado a otro. Mi padre dijo basta e hizo señas a los policías para que nos parásemos. Vimos una zona de césped y árboles y hacía allí que nos fuimos. Saltamos del carro y mi madre inmediatamente cogió el cubo y lo llenó del agua de la garrafa que llevábamos, para calmar la sed y las ansias de nuestro querido burro. Lo soltamos del carro y lo llevamos a la sombra de un par de cipreses muy altos que había junto a una fuente y un muro de piedra.

Pero como en la vida no hay dos sin tres, resulta que no era una zona de parque municipal ni el jardín de una urbanización. ¡Era el campus de la Universidad de Córdoba! A los veinte minutos de haber llegado, decenas de estudiantes, profesores y personal de todas las clases y profesiones salieron corriendo de todas y cada una de las puertas y ventanas que había en los alrededores y pronto nos rodearon como si hubieran visto aterrizar un OVNI. Por si eso fuera poco, muchos fueron hacia Margarito para tocarlo y hacerle fotos, cosa que le volvió a poner muy nervioso. La policía hacía lo que buenamente podía para mantener el orden y la calma, pero no lo conseguía. En eso que mi padre se enfadó mucho, perdió los papeles y se puso a gritar, apartando a la gente del burro y del carro. Todo el mundo se quedó en silencio y mirándolo, con los brazos en cruz y las piernas abiertas y una cara de malo de las que no se olvidan. Inmediatamente mi madre fue hacia él, lo calmó y pidió disculpas a todos los presentes, que lejos de recriminarle su actitud, le pidieron también perdón. De entre el tumulto, apareció una chica bajita y con el pelo rizado que le llegaba al trasero, y me preguntó muy educadamente si podía dar su bocadillo a Margarito y tocarlo. La cogí de la mano y la llevé hasta él. Cuando vio el bocadillo casi me arranca la mano, ¡el muy puñetero!

—Tú eres la chica que va al congreso de Matemáticas, ¿verdad?
—Sí, me llamo Martina, ¿y tú? —Yo soy Silvia. Si queréis, podéis venir a mi casa, está cerca de donde se hace la cosa esta y tenemos un jardín grande. ¿Qué te parece?
—¿Cerca? ¡Eso es muy relativo en ciencias! —se quedó mirándome muy extrañada— Nada, nada, era una broma. Te lo agradezco un montón, de verdad, pero ¿no tendrías que preguntar antes a tu familia si les va bien que vayamos?
—No que va, que va. Ya verás, son muy majos y llevamos todo el día hablando de vosotros, precisamente. Mi padre es profesor de física, o sea que le encantará conocerte.

Y así es como llegamos a casa de Silvia. Era un lugar precioso. Una casa blanca enorme con arcos árabes en la entrada y rodeada por un jardín de acerolos y rosales con tres fuentes de piedra y canaletas por donde discurría el agua, impregnando el aire de ese sonido mágico que solo sabe hacer ella.

Eran gente maravillosa. Su madre nos hizo pasar inmediatamente y nos sacó limonada fresca y un plato de cerezas, las más gordas que había visto jamás, mientras su padre se encargaba de Margarito. No habíamos mojado el gaznate todavía cuando unos gritos nos hicieron correr hacia fuera. Al salir, el pobre padre de Silvia sujetaba desde lejos las riendas de Margarito, que se había metido entero en la fuente. Tal cual. Nos echamos todos a reír, mientras el burro hacía lo propio, con unos rebuznos que se debieron oír desde el otro lado de la ciudad. Nos pasamos la cena partiéndonos de la risa recordando la escena. Por cierto, no hubo manera de sacarlo, o sea que al final optamos por dejarle hacer lo que quisiera, aunque mi padre se moría de vergüenza.

Antonio, que así se llamaba aquel profesor de física, me pidió si le podía mostrar mi trabajo. Cuando le dije que sí, despejó la mesa a toda prisa y puse encima la carpeta azul con los papeles y los cálculos de las tierras en espiral. Se quedó muy sorprendido al ver todos mis planes, porque él se pensaba que yo venía a presentar algo como la resolución de una conjetura o vete tú a saber qué. Escuchaba todo mi relato, con su mujer al lado y mis padres junto a mí, mientras Silvia estaba de pie con los brazos cruzados, también con la mirada fija en la mesa.

—Martina, esto que me acabas de contar, para una chica de tu edad, es algo asombroso. No te diré que no le vea muchos inconvenientes, porque los hay, y ya sabrás que el campo es algo muy difícil de cambiar, pero creo que has empezado un camino que te llevará muy lejos.

El ambiente de risa de la cena se transformó en una reunión seria, y me asusté. Pensé que lo que me decía el padre de Silvia solo sería la punta del iceberg de todo lo que me dirían en el congreso. De pronto, se me cayó el mundo encima y por primera vez en mi vida noté un desasosiego en el corazón que nunca antes había sentido con tanta fuerza: tenía miedo.

Recogí los papeles, le di las gracias a toda la familia y un abrazo a Silvia, y me fui a dormir. Me habían dispuesto una habitación enorme con una mesa de estudio y unos ventanales de madera gigantes. Tenía agua, fruta, toallas limpias, y yo qué sé, de todo. Me sentía abrumada. Sin saber por qué, me acurruqué en la cama y lloré. Estaba muy asustada. Mis padres aparecieron por la puerta a trompicones y nos abrazamos. Estuve un buen rato sin poder pronunciar palabra alguna, hasta que la seguridad del hombro de mi madre me calmó.

—Cariño —me dijo apretándome las mejillas con sus manos— no tienes que hacer nada que no quieras hacer, ¿de acuerdo? Es normal que estés asustada, pero estamos aquí y nos da igual lo que digan los unos o los otros, te queremos, y si en algún momento sientes miedo, mírame. Yo estaré delante de ti, muy cerca, solo mírame y sigue hablando, como si estuviéramos en casa. Me quedaré a dormir contigo esta noche, mañana habrás descansado, iremos a ver la mezquita, por la tarde repasas los papeles y pasado mañana al congreso. Ya verás que todo va a salir bien.

A la mañana siguiente, vinieron a buscarnos dos chicas del ayuntamiento. Nos invitaron a recorrer la ciudad. Se me había pasado el susto, y todos estábamos muy alegres. La familia de Silvia también nos acompañó, así es que partimos a visitar el casco antiguo, con esas callejuelas de casas blancas llenas de macetas colgantes. Las flores transforman esas mismas calles en lugares celestiales, hasta que el olor de un jazmín enorme te envuelve y te lleva hasta lo más profundo de la noche de los tiempos del lejano Oriente.

Había llegado el momento. Por fin entrábamos a la mezquita de Córdoba y pude ver su cúpula octogonal, y admirar de primera mano la proporción cordobesa y el triángulo cordobés que Rafael de la Hoz descubrió. Siempre me ha dado rabia lo poco que se ha reconocido a este señor su trabajo, así es que donde voy digo su nombre. Todo lo que había visto en libros o imaginado en mis noches de desvelo de Casa Ajo lo tenía delante de los ojos.

No quería irme, pero las dos chicas del ayuntamiento nos apremiaban, porque la mismísima alcaldesa de la ciudad quería invitarnos a comer, cosa que hizo muy felices a mis padres, que enseguida se pusieron muy nerviosos. Al llegar al restaurante, había periodistas y mucha gente bien vestida. Me volví a asustar. Mi padre me cogió de la mano y decidido pasó entre todos diciendo mecánicamente buenos días, buenos días, y apartando con un gesto decidido a cualquiera que quisiera hablar conmigo. Me giré justo antes de entrar y vi a Silvia mirándome desde el otro lado de la calle. Su padre le puso la mano sobre el hombro, haciéndole saber que no podían entrar, que esa comida no iba con ellos. Saludé a la alcaldesa y a no sé cuántas personas más, y le dije de la mejor forma que supe que si no entraba la familia del otro lado de la calle a comer con nosotros yo me iba. Al segundo me ofreció su mano y salimos del restaurante, y llamó a grito pelado a la familia de Silvia, que ya se iban, mientras yo les señalaba con el dedo.

Después del jaleo nos sentamos todos a comer en una mesa larguísima, mientras mi padre explicaba a quien quisiera escucharle las propiedades de los ajos, porque de entrante nos sirvieron, precisamente, crema de ajos. Ese fue el primer día de mi vida en el que mis padres me dejaron pedir una Cocacola en un restaurante. Nadie podía imaginar en ese momento cuántas bebería a lo largo de mi vida.

Pasé la tarde ordenando papeles y, sobre todo, ideas. Bajé de la habitación a ver a Margarito, que se puso muy contento y como de costumbre, me empujó con la cabeza hasta que casi me tira al suelo. A la madre de Silvia le hacía tanta gracia tener un burro en su fuente, que en lugar de tratar de sacarlo, le puso más agua. Y no veas lo contento que estaba. Mi madre cuando vio la escena, con el agua turbia y todo hecho una porquería se tapaba la cara con las manos. Prefería no verlo. Solo pedía perdón y perdón a Antonio y Rocío, pero ellos estaban encantados.

Me fui a la cama pronto. Estaba tan cansada que por una vez, me quedé dormida sin calcular nada. Eso sí, con el boli en la mano.

A las nueve estábamos ya de camino hacia el congreso. En el programa había de todo, desde ponencias sobre el número áureo hasta biólogas hablando de embalses. A mí me habían puesto la última, justo después de una conferencia del profesor John Ramirez sobre los modelos matemáticos de predicción de sequías en Estados Unidos.

Cuando llegué, me colgaron un carnet gigante del cuello y un señor muy amable nos acompañó a mis padres y a mí a la fila de ponentes, es decir, delante de todo. Al sentarnos, las personas que estaban aún charlando alegremente, se pararon y vinieron a saludarme, una a una. Mis padres estaban siempre guardándome las espaldas, por si me agobiaba en algún momento. Pero no sucedió. Abrió el congreso la misma alcaldesa con la que habíamos almorzado y con una sonrisa me presentó, y yo me quería morir de la vergüenza.

Eran casi las doce y media. Estuve muy distraída con la conferencia del profesor americano, era realmente muy interesante y me iba muy bien para afinar mis ideas. Me quedé alucinada cuando vi cómo trabajaba las tablas en una pantalla gigante, todo lleno de fórmulas, estadísticas y no sé cuántas imágenes terroríficas de tierras desertizadas, que por lo que se ve es un gran problema por esos lares.

* ✳ *

Todo el mundo aplaudió al profesor Ramirez, también porque contaba algún chiste, que entre su acento inglés y su castellano de México, la verdad es que era muy gracioso. Se despidió y bajó las escalinatas, no sin antes presentar mi conferencia: *Tierras en espiral. Un modelo para el futuro. Martina Hernández Soria.* Se acercó y me ofreció la mano. Mi madre se levantó y le dio las gracias creo que diez veces en tres segundos. Mi padre estaba muy nervioso y no quería ni mirar.

Cogí la carpeta y cuando me soltó el señor aquel, me di la vuelta y vi toda aquella sala gigante con cientos de personas mirándome, en un silencio sepulcral solo roto por alguna tos inoportuna. Se me cayó el mundo encima y estuve a punto de desmayarme del susto, pero miré a mi madre, que sin titubeos me miró también y con una sonrisa enorme y agitando las manos hacia delante me dijo «venga, ¡vamos!» mientras me lanzaba besos.

Apareció una chica con un cajón, de esos de madera de poner fruta, y lo colocó detrás de la tarima del micro, para que pudiera llegar. Acto seguido apareció otra con un vaso de agua. Di los buenos días, saqué la carpeta, pulsé el botón de las diapositivas y en cuanto apareció en la pantalla gigante la foto de la solana de arriba de Casa Ajo labrada en espiral, con la lista de cálculos de áreas y de gasto de combustible estimado en el lado derecho se oyó un *ohhhh* en la sala seguido de un murmullo generalizado que me estremeció.

Empecé muy entrecortada, leyendo algunas notas muy deprisa, hasta que nuevamente pude alzar la mirada y, no sé cómo, notar que la gente no estaba entendiendo nada. Respiré, cogí uno de los folios con una mano y con la otra sujeté fuerte el micro.

—Creo, señoras y señores, que no me he explicado bien. Voy a empezar desde el principio otra vez. Miren ustedes, vengo de

* ✳ *

Casa Ajo de La Mancha, una finca que cómo su nombre indica está sembrada de...

No sé cuánto tiempo estuve hablando, porque lo hacía con tantas ganas, tan segura y decidida que perdí un poco el norte. Mi padre me dijo que fueron los veinte minutos más maravillosos de su vida.

—Muchas gracias a todas y a todos por haberme escuchado, espero que les haya parecido interesante. Gracias papá y mamá por haberme ayudado tanto.

Así me despedí.

Recogí los papeles y bebí un poco de agua. Los aplausos atronadores y ver a mis padres de pie llorando como madalenas me hizo llorar a mí también. Bajé a trompicones y me refugié en sus brazos, mientras algunas de las biólogas venían a darme la mano. Pero no pudieron. Mi padre estiró los brazos y les pidió por favor un poco de espacio. Se lo agradecí enormemente, aunque me sentía mal por no poder devolver tanta amabilidad.

Cuando la cosa se calmó, apareció el profesor Ramirez. Pidió permiso a mis padres para hablar conmigo. Les miré y asentí, así es que se apartaron un poco y me dejaron delante de él. Antes que nada me dio la enhorabuena, medio sonriendo, como si aún le faltaran muchas vueltas a mi idea, y luego se sacó del bolsillo de la americana una carterita marrón.

—Martina, en Estados Unidos, en mi universidad, tenemos institutos asociados y programas de becas muy interesantes. Si desarrollas tu proyecto, envíame un informe detallado o un dossier. Lo miraré y tal vez podamos hablar. Creo que tienes talento, ¿Ok?

—Claro señor profesor, por supuesto. Déjeme un tiempo para

trabajar el estudio y se lo enviaré. Pero no sé inglés, solo sé decir ¡thank you!

—¡Ja, ja, ja! Pues no tienes mala pronunciación. No te preocupes por eso. Bueno aquí tienes mi tarjeta, envíame ese trabajo y hablaremos. Me tengo que ir.

Es curioso, cuando salimos del congreso ya no había ni periodistas ni gente saludándonos. De hecho, estábamos solos en medio de la explanada ardiente. Solo Silvia y sus padres nos saludaban a lo lejos y nos hacían gestos para que fuésemos hasta donde tenían el coche aparcado. En ese momento comprendí que la mayoría de la gente prefería a una familia haciendo el payaso montada en un burro que lo que se dijese en un congreso internacional de ciencia. Bueno, supongo que es normal, tal vez yo hubiera hecho lo mismo.

Al día siguiente, Antonio hizo venir un camión que nos llevó a todos de vuelta a Tomelloso. Mi padre no sabía cómo agradecérselo, y les invitó una y otra vez a visitar la finca. Prometí a Silvia escribirle cada semana. Nos despedimos entre abrazos y volvimos a llorar. Margarito estaba bastante enfadado por tener que dejar su fuente, así que también tuvimos que darle pan seco para calmarlo. No bastó, a medio camino mi padre tuvo que bajarlo y tenerlo una hora caminando colina arriba colina abajo para que se calmase. Menudo desastre.

* ✳ *

III. EL SEGUNDO VIAJE

A pesar del sol inclemente que azotaba el camino de Tomelloso a mi casa, la pandilla del cole lo recorría sin falta cada tarde. Y también cada tarde les decía que no podía bajar. Había puesto todas mis energías en ese trabajo, en los cálculos y hasta en el diseño de nueva maquinaria agrícola. Tenía la habitación llena de papeles, por el suelo, en la cama, hasta enganchados en la ventana con celo. Les saludaba, charlaba un rato con ellas desde la ventana y me volvía a encerrar. Mi madre me subía un bocadillo de queso, mi preferido, y una limonada fresca con mucho hielo y un par de hojitas de romero.

Creo que era viernes, y como siempre, la procesión en grupo enfilaba el camino polvoriento. Pero cuando miré por la ventana, no me lo podía creer. No eran las cinco de siempre, había mucha más gente. Igual conté una treintena. Llevaban pancartas hechas de palos y cartulinas, con mi nombre escrito y corazones alrededor. Alguno dibujó una espiral, pero no recuerdo quién. Iban gritando «¡Martina, calculina, el mundo te mira!». Me sobrecogí. Mi padre subió las escaleras acelerado y abrió la puerta, preguntándome si había visto a todas esas personas que venían a animarme.

—Hija mía, todo esto es por ti. No me digas que no es la leche, ¿qué hago, quieres bajar y les invitamos a merendar?

—Claro que sí papá, ahora vengo, dame un minuto.

Me senté en la única silla que tenía. Corrí la cortina de la ventana y apoyé los brazos en las rodillas, y sentí como nunca el amor. Ni una sola de las personas que caminaban bajo el sol abrasador del verano manchego, ni siquiera las dos que me dieron la vida, estaban preocupadas por mis estudios, o por el triunfo de mi revolución silenciosa. Solo venían a regalarme su estima por tantos días de trabajo creyendo en mis ideas, en lo que hacía. Esa era mi gente, mi pueblo. Mi familia.

Cuando bajé, Miguel, el chico de la rana, sostenía como un energúmeno una pancarta que decía «¡tiembla Estados Unidos!». Lo abracé y me miró fijamente con esos ojos de serpiente, mientras mi madre daba órdenes a todo el mundo para organizar la merendola.

—He terminado. Mañana iré a la copistería a imprimir el trabajo. Luego habrá que enviarlo a América.

—Yo me encargaré —dijo mi padre mientras cortaba los tomates para la ensalada.

Volví al día siguiente con el dossier. Estaba agotada, cené un bol de sopa de ajo y subí a mi habitación. Vi a Margarito junto al gallinero, me dedicó una mirada y por una vez en su vida puso las orejas una junto a la otra. Estuvimos unos segundos observándonos mutuamente, hasta que volvió a agachar la cabeza.

—Papá, ¿has echado la carta en Correos?

—Claro que sí Martina. Mira, aquí tienes el resguardo.

Cuando lo vi, se me cayó el mundo encima.

—¡Papáaaaaa! ¡Papáaaaaa! ¿Pero qué has hecho? Has puesto Millinois en lugar de Illinois. Chicago está en Illionis. I-L-L-I-N-O-I-S ¡Qué desastre! ¡No va a llegar la carta!

—Dame eso —me dijo mientras empezaban a caerme las primeras lágrimas—. No pasa nada, hija, no te pongas así. Claro que va a llegar. No son tan tontos los americanos estos.

—¡No va a llegar! No has puesto ni el nombre de la ciudad, y te equivocas en el del estado. ¿Cómo quieres que llegue? Solo te pedí que enviaras una carta, una maldita carta. ¿Tú sabes lo grande que es Estados Unidos? ¿Tienes idea de cuántos pueblos puede haber que se llamen Millinois? ¿Y si la carta va a uno de esos pueblos de mierda? ¡No me lo puedo creer!

Se quedó plantado en medio del salón con el resguardo en la mano. Agachó la cabeza y dejó caer los brazos. Eso fue lo último que vi aquel día. Me encerré de un portazo en mi habitación. Solo Dios sabe cuánto me arrepiento todavía hoy de mis palabras.

Mi madre sopesaba cada gesto, cada anhelo, en esa balanza en la que pesamos las mujeres. A veces solo con dos contrapesos, el del amor y el del deber. La familia, antes refugio de cualquier tormenta, se había convertido en un pequeño infierno. Mi padre no me dirigía la palabra ni yo a él. Con el paso de los días, el corazón me iba haciendo notar que me había equivocado, pero por orgullo, o no sé por qué, no quería escucharlo. Pasamos así semanas enteras.

* ✳ *

Hacía un día con mucho viento y estaba anocheciendo. Apenas se oían a lo lejos los últimos cantos de las perdices, cuando mi padre entró por la puerta de casa. Yo estaba en la mesa del comedor con la cabeza gacha y los hombros encogidos aliñando una pechuga de pollo que teníamos para cenar.

—Martina, ha llegado la respuesta del profesor americano. Aquí tienes tu carta.

Sin decir ni mu, la abrí. Había un montón de tarjetas, papeles y tres billetes de avión.

Apreciada Sra. Martina Hernández,
El comité de la Universidad Estatal de Illinois ha decidido seleccionarla para su programa de becas científicas. Si lo desea, puede usted cursar bachillerato en uno de nuestros centros asociados, sin coste alguno.
Ponemos a su disposición tres billetes de avión, para usted y su familia. Les esperamos en Chicago el próximo 11 de septiembre.
Un cordial saludo.
John Ramirez, jefe del Departamento de Matemáticas Aplicadas de la Universidad Estatal de Illinois.

Tiré la carta al suelo, me levanté y fui a abrazar a mi padre.

—Lo siento mucho papá. Lo siento de verdad. Por favor perdóname.
—No hay nada que perdonar, hija mía, soy yo quien tiene que pedirte perdón. Te quiero más que a nada en el mundo. No importa lo que haga, lo que hagas, te quiero, te quiero y te quiero.

✱

Ninguno de nosotros pudo imaginar en aquel momento la aventura que estaba a punto de comenzar. Estados Unidos en toda su inmensidad. Nada más y nada menos.

Los nervios se apoderaron de mí. Me costaba muchísimo pensar que no vería cada día a mis amigas, que no podría acariciar el hocico a Margarito, ni contemplar desde el cerro la plantación de ajos. Todo el mundo prometió venir a verme. Una tarde de esas, fui hasta la biblioteca a buscar un libro que había encargado sobre la historia de la agricultura. Vi que llegaba un coche y mal aparcaba en la plaza, con la consiguiente bronca del policía local que ahí estaba. Cuando se abrió la puerta de atrás, no me lo podía creer, bajó Silvia, la de Córdoba y su madre, y el hombre que aguantaba de pie estoicamente el mal humor del guardia era el profesor Antonio. Dejé la puerta de la biblioteca entreabierta y corrí tan rápido como pude, gritando y con los brazos en alto. Abracé tan fuerte a Silvia que nos caímos en el suelo de la plaza, mientras su madre medio reía avergonzada de la escena porque, como no podía ser de otra manera, todo el mundo nos miraba.

—¿Qué hacéis aquí? ¡Qué contenta estoy de veros!
—Hemos venido a animarte, tus padres llamaron a los míos y les contaron que estabas preocupada con eso de marcharte, y queremos que sepas que estamos contigo, que yo te escribiré cada semana y que te llamaré. Tienes que ir. El mundo te espera.

Nos subimos al coche, con la multa en el salpicadero y fuimos a casa. Pasamos la tarde recorriendo la finca y hablando de casi todo, pero sobre todo de ajos. Después de cenar, mientras los mayores se entretenían con la política y la multa, Silvia y yo nos metimos en la habitación y prometimos no parar de hablar hasta que amaneciera. Y así fue. Cuando Manolín cantó, cerramos los ojos y cada una vivió su propio sueño.

* ✳ *

IV. TRES

Había llegado el momento. Bachillerato en Estados Unidos. El viaje se hizo largo. Antes Madrid, después Chicago, y por fin el instituto Jane Adams. Éramos como zombies en una fiesta de pijamas, ninguno de los tres estábamos acostumbrados a viajar y mucho menos a eso que llaman *jet lag*. Entramos y nos quedamos pasmados con la inmensidad de aquel lugar. Una gran cúpula de madera cubría una sala gigante con bancos a cada lado. Preguntamos por el profesor Ramirez, mostrando la carta que nos había enviado. La señora de la recepción cogió el teléfono, pero lo colgó inmediatamente porque dicho señor apareció como de la nada en el salón.

Era muy amable, nos hizo pasar a un despacho más grande que una casa y al poco rato vinieron más y más profesores y profesoras, y la directora del instituto, una mujer como la de las que salen en la tele, con su pantalón chaqueta y su pelo rubio por encima de los hombros. Con una sonrisa de lado a lado nos invitó a café y a galletas, y nos explicó el funcionamiento de todo el complejo, que era como una ciudad en sí mismo. Después de recorrer no sé cuántos edificios, nos dio un juego de

* ❋ *

llaves, una carpeta llena de papeles y carnets y nos acompañó hasta una urbanización que había justo detrás del instituto.

—Esta será su casa mientras Martina esté aquí. Espero que estén a gusto. Esta tarde vendrá el señor Nicks, que es el encargado de mantenimiento y cualquier cosa que necesiten él se la proporcionará. No tienen que comprar nada. Solo la comida. La alumna, por supuesto, tiene el comedor del instituto a su disposición sin coste alguno.

Cuando mi padre entró en la casa, no se podía creer que pudiéramos vivir allí gratis. De repente, en lugar de estar en la butaca del cine viendo cómo viven los americanos, estábamos dentro de la pantalla. La cocina, las mesas, las ventanas, el jardín parcelado, la entrada hormigonada para aparcar el coche, el garaje, las habitaciones, todo era como en las películas.

—No veas estos americanos la pasta que tienen —dijo mi padre mientras pasaba los dedos por encima del borde del televisor—. Pero los quitó enseguida porque apareció por la puerta un señor con un mono gris. Era el señor Nicks. No hablaba nada de español así es que se entendió como pudo con mi madre, que en esto de los idiomas era mucho más espabilada que mi padre y yo. Traía debajo del brazo un tablero de ajedrez y una caja con piezas y señalándome me lo dio, con gestos de querer jugar una partida algún día. No había jugado nunca al ajedrez, pero a partir de ese día se convirtió en una de mis aficiones preferidas, por no decir la que más.

Cuando se marchó, mi madre nos llevó hasta una calle larguísima que había cerca, donde le habían dicho que podíamos escoger entre un montón de restaurantes.

Los americanos no cocinan casi nunca, no lo consideran práctico. Dicen que les sale más barato pedir la comida o ir al dinner que meterse en la cocina con las ollas. Pero eso a mi madre le importó un rábano, y ya estaba preguntando por un supermercado.

En el restaurante mexicano que fuimos, todo era grande también. Las mesas, los platos, las bebidas, hasta las camareras patinadoras que nos servían parecían gigantes. En Estados Unidos todo es más grande. Absolutamente todo.

Mi padre se fue. Y me quedé con mi madre a pasar el curso. No sé a cuánta gente conocimos aquel año, porque aquí todo el mundo es muy simpático y les encanta charlar horas y horas de casi cualquier cosa. A las dos semanas estábamos invitadas a no sé cuántas barbacoas, fiestas y demás. Fuimos a todas. Mi madre estaba radiante y se pasaba el día hablando de Margarito y de las recetas de ajos, ante las miradas incrédulas de los estadounidenses, aunque todo hay que decirlo, a los de origen mexicano el tema de los burros les apasionaba. Todos recordaban haber tenido uno en casa, años ha.

Me hice muy amiga de Margaret, una chica de Alabama que tenía el pelo tan rizado que no había manera humana de ponerle una de mis gorras y eso nos hacía reír un montón. Le encantaba pintarse las uñas y las dos llegamos a tener un arsenal de botecitos, que guardábamos en uno de los armarios empotrados del pasillo. Estaba becada por el estado de Illinois, como yo, pero porque, cosas de la vida, era una jugadora de ajedrez fuera de serie. El señor Nicks me trajo el tablero porque sabía que seríamos vecinas. Dejé de jugar con ella porque jamás fui capaz de ganarle una sola partida. Y mira que estudié manuales y libros. Incluso a veces las jugábamos a ciegas, sin mirar. Yo solo le decía los movimientos que hacía y ella, mientras cambiaba los canales de la tele, sin más, me contestaba con la jugada perfecta. Mi madre se sentaba en una silla junto a la mesa a ver el espectáculo y no salía de su asombro que aquella criatura despreocupada y con aspecto de jugadora de baloncesto fuese capaz de hacer semejante proeza. En un par de ocasiones la acompañamos a campeonatos estatales y conocimos a su familia. ¡Tenía seis hermanos! Viajaban en una especie de autocaravana gigante siempre con la música a tope y con una barbacoa de gas que sacaban a la más mínima oportunidad para cocinar. Eran capaces de comerse treinta huevos y otras tantas hamburguesas en un abrir y cerrar de ojos.

Cada trimestre tenía que presentar un informe sobre los progresos de mis estudios. Al acabar el curso, con el verano ya encima y después de haber trabajado miles de horas, me presenté en el despacho del profesor Ramirez con un dosier de más de seiscientas páginas. Casi le da un ataque cuando lo vio. Se inclinó hacia atrás, se quitó las gafas y me miró.

—Voy a leerlo con mucha atención, Martina.

Cuando cerramos la puerta de nuestra casa de Estados Unidos, a mi madre y a mí nos embargó la tristeza. Ninguna de las dos hubiéramos imaginado que estudiar fuera tenía esa doble vertiente, ese doble filo, que siempre te estás despidiendo de algo. Hacía poco que había venido mi padre a visitarnos, pero me moría por verle. Margaret descargó unas lágrimas desde el porche, cruzando los dedos y con la promesa de volvernos a ver.

Pasé un verano genial. Al llegar, todas las parcelas de Casa Ajo menos dos estaban labradas en espiral. Mi padre había modificado el arado, dándole un ángulo diferente. Sin embargo, lo que más ilusión me hizo fue ver otros campos, al otro lado del cerro, labrados también en espiral.

Margarito estaba igual, con una oreja hacia delante y la otra hacia atrás. Bueno, no exactamente igual, porque mi padre había traído una burra nada menos que de Valencia, y le puso de nombre Margarita, y de los dos nació Ajete, que iba y venía sin parar y que, otra vez cosas de la vida, tenía una oreja más inclinada que la otra. Me encantaba llevarles zanahorias y pan seco, aunque cuando se acercaban mi padre los hacía retroceder. Alguien le había dicho que cuando los burros tienen familia hay que ir con cuidado. No sé por qué.

Todo seguía igual en Tomelloso. Las tardes se hacían eternas, pero los veranos ya no eran tan largos como antes, tampoco sé el motivo. La verdad es que ni mis amigas ni yo éramos ya unas niñas. Y Miguel tampoco.

Fuimos a pasar una semana a Córdoba, a casa de Silvia, y quedé una tarde con mi antiguo profesor, el señor Alejandro, que no cabía en sí mismo de alegría al escuchar mis andanzas americanas. Había dejado su trabajo y se iba a dar la vuelta al mundo en moto. Prometió pasar por Estados Unidos a visitarme.

Y casi sin darme cuenta volvía a subirme al avión. Esta vez solo mi madre me acompañaba. Luego tendría que apañármelas sola.

Fueron unos años muy intensos. Me gradué en el instituto (yendo a la fiesta que sale en las películas con el sombrerito y la capa) y empecé el grado de Matemáticas Aplicadas en la universidad, que es todo un mundo en Estados Unidos.

Mientras estudiaba, me dieron las llaves de una especie de despacho. A las pocas semanas entró el señor Nicks con un sobre. Era un cheque de 4.237 dólares. Cuando le pregunté a qué venía eso, me dijo que era mi sueldo como investigadora. No recordaba ni haber firmado el contrato. Me levanté de la silla, escribí la dirección de mi casa en el mismo sobre y envié el cheque a mis padres. Al cabo de unos días me llamaron, tan emocionados que no podían ni articular palabra. Lo que me dijeron no se paga con dinero.

En solo tres años me licencié y de la mano del profesor Ramirez viajé por todo el país explicando, aquí y allá, mis ideas sobre los campos en espiral. Pero no todo en la vida es de color de rosa. Algunas veces me abuchearon, como en Arkansas, donde habían puesto carteles contra mí, y otras me aplaudían, como en Texas, en donde los campos son tan grandes que parecen no tener fin. Fue ahí donde asistí por primera vez a un experimento científico de verdad. Veinte tractores John Deere puestos en fila, la mismísima gobernadora del estado y toda su corte de asesores para comprobar in situ si diez tractores gastaban menos labrando en espiral que diez a renglones. Había un montón de expertos, fabricantes y yo con toda la gente de la universidad. Fue un momento mágico. Las mediciones dieron, después de cinco horas de trabajo, un ahorro del 30% en combustible.

Empezaron a correr los teléfonos. Me molestó que cuando la gobernadora vino a hablar conmigo, por un momento, se rodeó de hombres y yo me quedé fuera. Pero a mí no me corta nadie, así es que pegué un grito «¡Please!», que sonó como si alguien hubiera bajado de la Luna por unas escaleras de hojalata. Todos me miraron, se apartaron y se disculparon. Nadie pudo pensar que una mujer joven pudiera hablarles de tractores. Pues sí.

De entre los agricultores que ahí estaban, vino uno, muy nervioso, a echarme en cara que estuviese más preocupada por el tractor que por el precio del trigo. Le respondí explicándole algunas de mis propuestas tan bien como supe, aunque seguía poniendo cara de enfadado. En eso que por un resquicio entre la gente vi una bala de paja de esas grandes, de las que se hacen ahora precisamente en espiral.

Aparté a un par de personas y le agarré cariñosamente del brazo. Dimos unos pasos y al acercarnos a la alpaca le dije:

—¿Ve usted esta espiral de paja? Seguro que hace veinte años nadie quería que sus cosechadoras las hiciesen así, porque toda la vida se han hecho rectangulares y más pequeñas, ¿verdad? Y ahora se ha comprobado que es más eficiente, más rápido y más barato hacerlas de esta forma. Dígame, señor, ¿cómo las hace usted en su rancho?

El agricultor se quedó mudo. No me ofreció la mano ni nada parecido. Simplemente se dio la vuelta y se alejó murmurando.

* ❋ *

Me hice mayor, no sé cómo decirlo, es algo que solo sabes cuando te pasa. Mi vida y mi corazón se dividían en dos mundos, el de Casa Ajo y el de América. Y ambos me habían regalado tanto que no me daba el tiempo a disfrutarlos.

Y sí, Miguel vino a vivir conmigo a Plattville, un pequeño pueblo agrícola cerca de Chicago. Teníamos una casa de madera pintada y un jardín enorme, que evidentemente planté de ajos, pero jamás se hicieron tan grandes y sabrosos como los de casa. Silvia y otras amigas nos visitaban a menudo, cosa que siempre nos servía de excusa para poner en marcha la barbacoa de gas que adornaba nuestro patio.

Regresé a pasar otro verano. Uno más. Ajete se había hecho mayor y Margarito ya era un burro viejo y gruñón. Mi madre había abierto una librería en Tomelloso y mi padre era exactamente la misma persona que hacía exactamente lo mismo que años atrás. Se levantaba a la misma hora, soltaba las gallinas y enristraba ajos. Los dos se reían de mi acento inglés, aunque yo creo que no se me notaba tanto, pero en fin...

Mas otra vez, otro día, otra hora, tenía que partir. Era la Jefa del Departamento de Matemáticas Aplicadas a la Agricultura de la Universidad Estatal de Illinois. Tenía un despacho, un sueldo, dos teléfonos, una casa, y una maleta siempre preparada para viajar. Por tener, tenía hasta un secretario con una agenda enorme que apuntaba todo lo que le decía.

Pero nada, nunca ni nadie puede cambiar eso que llevo en lo más profundo del alma. La imagen del autobús en el gélido invierno de La Mancha parado en la carretera y yo caminando hacia él con la mochila cargada, mientras mis padres, un día sí y otro también, luchaban sin descanso para hacer de mí la mujer que soy.

Y me fui. El enorme avión que me llevaba de vuelta a Estados Unidos, cuando se aproximaba a Chicago, descendía suavemente sobrevolando los inmensos campos de trigo de Ohio. Entre la somnolencia de las pastillas y el cansancio solo tuve fuerzas para mirar un instante por la ventanilla. Ver las tierras labradas en espiral me hizo esbozar una sonrisa, mientras una lágrima de felicidad recorría lentamente mi mejilla.

Volví a cerrar los ojos y me acordé de esa carta.

Millinois.